STREITSCHRIFT GEGEN ALLE

WIENER THEMEN

J&V

HERMANN HAKEL

STREITSCHRIFT GEGEN ALLE

VOM „EIPELDAUER“ ZUM „GÖTZ VON BERLICHINGEN“

Abbildung auf dem Einband:
Titelbild des ersten Heftes des
„Götz von Berlichingen“ vom 10. April 1919

Buchgestaltung: Haimo Lauth

Bildnachweis:
Sämtliche Abbildungen im Text stammen aus dem Bildarchiv der Österreichischen Nationalbibliothek und der Wiener Stadtbibliothek

Mitarbeiter:
Richard Kovacevic, Emmerich Kolovic, Martin Pollack

ISBN 3 - 7141 - 6091 - 4 Jugend und Volk Wien
ISBN 3 - 8113 - 6091 - 4 Jugend und Volk München

 3916 - 75/1/40
Druck: Druck- und Verlagsanstalt „Vorwärts“ AG, 1050 Wien,
Rechte Wienzeile 97

INHALTSVERZEICHNIS

„. . . gerade die Bilder des Alltags,
die Skizzen der Menge und der Straße,
die Karikaturen,
sind oft genug der treueste Spiegel des Lebens.
Häufig wirken die Karikaturen
sowohl wie die Modekupfer
im selben Maße karikierender wie sie unmodern werden."

CHARLES BAUDELAIRE

In seinem 4 Seiten umfassenden handgeschriebenen politischen Witzblatt „Correspondence secrete" aus dem Jahr 1762 lieferte der geniale Pamphletist Chevrier das Rezept für alle künftigen Witzblätter. Er teilt das Material, das die öffentliche Neugier erregt, in drei Rubriken:

Die erste umfaßt die politischen und anderen Ereignisse aller europäischen Regierungen.

Die zweite bietet gängige Anekdoten, seltsame Abenteuer, vergnügliche Ereignisse, Tagesgeschichten und Bonmots.

Die dritte ist rein literarischer Natur und betrifft die Theaterneuigkeiten. Das ergibt ein reichhaltiges Repertoire von Sottisen, verzeichnet die zeitgenössischen Sitten und bietet also „alles, was Gegenstand der täglichen Konversation werden kann".

Aber die damaligen Pamphletisten, von denen viele in der Bastille landeten, sammelten nicht bloß „Kleinigkeiten"! Wenn man sie nur nach ihrer frivolen Seite beurteilen wollte, schließt man sich dem Irrtum der Kritik an, die von Voltaire bis heute die moderne Presse nur nach dem Zeugnis bedeutender Geister schätzt und im Journalismus lediglich eine Tratschschule sieht.

„Die Pasquille", schreiben die Goncourts, „hat überall Zutritt, sie lüftet alle Schleier, sie kennt das Gesicht unter jeder Maske, sie sieht in die Karten, sie kennt die Bettgeheimnisse . . . sie ist bereits eine Macht und sie wird die Presse sein."

I

EIGENART DES WIENER WITZBLATTES

Die Blütezeit der Witzblätter beginnt etwa mit der Französischen Revolution und endet mit der Machtergreifung des Faschismus. Sie umfaßt also eine Zeitspanne von ungefähr 150 Jahren, von 1789 bis 1933.

Die Politik war nicht mehr länger Salongespräch, sondern wurde auf die Straße und in das Kaffeehaus getragen, wo sie, ebenso wie im Parlament, zum Thema öffentlicher Diskussionen und Debatten wurde. Die Macht der Redekunst, erprobt in der Tagespolitik, schlug sich dann in der Presse nieder, zuerst in einer Flut von Flugblättern und politischen Karikaturen, später in Leitartikeln und humoristischen Feuilletons.

Mit dieser Entwicklung wurde der anonyme Volkswitz zu einer gedruckten und öffentlich vorgetragenen Institution, deren sich die Journalisten bedienten, um die Lacher auf ihre Seite, das heißt jene ihrer Zeitung, zu bringen. Sie nahmen mit kritischem Witz, mit Parodie und Karikatur zum aktuellen Tagesgeschehen und zur Weltpolitik Stellung und schrieben so für den heutigen Leser jene „ungeheure teuflische Komödie, bald possenhaft, bald blutig, in der alles, was Rang und Namen in der Politik hatte, vorüberzieht", von der Baudelaire spricht.

Während aber auf der Bühne des Parlaments die Rhetoriker und Zwischenrufer das Publikum mit ihrem schlagfertigen Witz immer von neuem unterhielten, verloren die Witzblätter, bedingt durch ihr regelmäßiges (periodisches) Erscheinen, zusehends ihren spontanen, volkstümlichen Charakter und erstarrten im gekonnten Klischee.

Die Aktualität der Witze war zwar ständig gegeben, aber die Witze selbst wurden immer mehr zur Angelegenheit von Routiniers, die sich damit begnügten, oberflächlich zu amüsieren, ohne den Dingen auf den Grund zu gehen. Dieser Entwicklung entgingen nur die großen Meister der Karikatur, wie Daumier in Frankreich oder Swift in England, weil sie nicht die Unterhaltung und das Amüsement, sondern die beißende Kritik der gesellschaftlichen Wirklichkeit in den Vordergrund stellten.

Der Höhepunkt des Journalismus und damit auch der Witzblätter fällt ins 19. Jahrhundert. Die Entwicklung der Presse geht parallel mit jener der Großstädte: Die Zeitungen waren gebunden an die Zentren menschlicher Kommunikation und Geselligkeit wie die Klubs in London und die Kaffeehäuser in Paris und Wien, die die literarischen und politischen Salons abgelöst hatten. In den Kaffeehäusern wurde Politik und Zeitungsgeschichte gemacht.

In dieser Zeit war das Echo der Blätter weniger von der Anzahl ihrer Abonnenten als vielmehr von der Anzahl der Cafés, in denen sie auflagen, abhängig. Der Stammgast war gewohnt, zur Schale Kaffee ein Dutzend Zeitungen und Zeitschriften zu konsumieren und das Gelesene mit den übrigen Gästen zu bereden. So wurde das Café zum Volksparlament, wo die verschiedenen politischen Meinungen aufeinanderprallten und politische und auch künstlerische Gruppierungen sich bildeten und ebenso rasch wieder auseinanderfielen.

Die Blütezeit der großen Feuilletons und der Witzblätter ist vorbei. Was übrigblieb, sind die politischen Karikaturen in der Tagespresse und die öden Witze der unzähligen Illustrierten und Sonntagsbeilagen, die nicht einmal mehr den Versuch machen, die politische und gesellschaftliche Situation zu reflektieren, geschweige denn sie zu kritisieren.

Und die Kaffeehäuser erleben ihren Niedergang zum Schnellimbiß und Espresso.

Funktion des Witzblattes war immer die Kritik — Kritik an der politischen und gesellschaftlichen Wirklichkeit — und erst dann Unterhaltung und Amüsement. In der Art ihrer Kritik unterscheiden sich die Witzblätter: Es gibt hinterlistige, parodierende Kritik; gern bedient sich das Witzblatt einer Kritik in Form übertriebenen Lobes. Ihr Wesen liegt darin, den Menschen so aufzublasen, daß er zum Platzen gebracht wird — das gibt ihn der Lächerlichkeit preis.

Wie die gesamte „freie“ Presse war auch das Witzblatt immer bestimmten politischen und wirtschaftlichen Interessen unterworfen, die im einzelnen Fall die Hauptrichtung seiner Kritik bestimmten. Die Klerikalen hofierten den Offizieren und spuckten auf die Juden, die Liberalen hofierten den Deutschen und spuckten auf die Böhmen usw. So wurde die ganze Skala der politischen Gruppierungen durchgespielt.

Das macht die Witzblätter zu einem Spiegel ihrer jeweiligen Zeit; die kritische Lektüre dieses „großen Archivs der Komik“ (Baudelaire) vermittelt demnach ein Geschichtsbewußtsein, freilich gebrochen und verzerrt durch die jeweiligen Zensur- und Preßgesetze, die wichtigsten Waffen der grundsätzlich humorlosen Herrscher und Bürokraten gegen den Witz, die sich aber nur zu oft als stumpf erwiesen und selbst dem Gelächter preisgegeben wurden. Der Witz ist der verzweifelte Trost des Schwächeren, oft seine einzige Waffe, mit der er sich gegen den witzlosen Schläger, der nicht mit Worten, sondern nur mit den Fäusten schlagfertig ist, zur Wehr setzt.

Jede Epoche und jedes Volk hat seinen spezifischen Witz, der sich in den verschiedensten komischen Figuren niederschlägt: so hat England den Clown, Frankreich den Pierrot, Italien den Arlecchino und Bajazzo, Deutschland und Österreich haben den Kasperl und den Wurstel, die jüdische Welt kennt den Untam und den Schlemil.

Was die Wiener Blätter von den viel besseren und langlebigeren Witzblättern in London („Punch“ und andere) und Paris („Charivari“ und andere) unterschied und ihnen eine spezifische Note gegenüber diesen verlieh, waren die vielen k. u. k. Typen und deren Dialekte: zum Beispiel der böhmakelnde Pfeifendeckel, der ungarische Husar, der jüdelnde Börsianer, der vorstädtische Hausmeister und viele andere. Diese Typen werden in den einzelnen Blättern personifiziert und zu stehenden Figuren, die in jeder Nummer auftauchen. Der Wiener „Figaro“ hat zum Beispiel den Hausherren Thaddäus Hartriegel, den Bankier Moriz Feigelstock, den Husaren Szombath Kalman, die Geburtshelferin Kreszentia Mayer, den Schneidermeister Paplićek und andere, der „Kikeriki“ den „Beschwichtigungshofrat“ usw.

Auffallend ist, daß die meisten dieser Typen für den „echten" Wiener entweder sozial oder ethnisch fremd sind, er sich daher mit ihnen nicht identifizieren kann — das macht sie für ihn von vornherein lächerlich. Die bodenständigen Wiener, die Naschmarktweiber oder Schusterbuben, bleiben von der Kritik verschont, sie dürfen als sogenannte positive Figuren das „Goldene Wiener Herz" und den „Wiener Hamur" unter Beweis stellen; wie der Kasperl genießen sie das Vorrecht, goschert sein zu dürfen und immer recht zu haben.

In den Witzblättern anderer Länder haben diese stehenden Figuren keine theatralische Sinnlichkeit, ihre szenischen Monologe gehören zum eigentümlichen Inhalt der Wiener Witzblätter. Die Kritik blieb in Wien freilich meist an der Oberfläche: es gelang hier nur selten, die Doppelbödigkeit des Witzes auszuschöpfen, nämlich vordergründig zu amüsieren und hintergründig zu revoltieren. Die bitteren Zeitsprüche Grillparzers und die ebenso bitteren Aphorismen Nestroys blieben vereinzelte SOS-Rufe, die ungehört verhallten.

Der Wiener Umgangston, der sich auch in den Witzblättern niederschlug, war viel lieber „chic". In diesem früher sehr beliebten, heute untergegangenen Wort resümiert sich die Wiener Heurigenstimmung, die es so meisterhaft versteht, alle Ansätze eines kritischen Bewußtseins im Wein zu ersäufen.

Chic und Krieg passen nicht zusammen, Chic und Revolution schließen einander aus. In anderen Ländern haben Satiriker und Karikaturisten Revolutionen vorbereitet und mitgemacht, in Wien kamen sie selten übers Kaffeehaus hinaus.

Nur in ganz kritischen Zeiten, wie in jener des „Götz von Berlichingen", wo der Faschismus vor der Tür steht, besinnt sich das Wiener Witzblatt auf seine eigentliche Funktion: es wird scharf wie eine Röntgenaufnahme, die das politische Krebsübel bloßlegt, und es wird zum Warnruf . . . den schließlich die Diktatur des Austrofaschismus erstickte.

II

DIE WIENER WITZBLÄTTER VOM „EIPELDAUER“ BIS ZUM „GÖTZ VON BERLICHINGEN“

Ursprünglich bestand die Absicht, einen Überblick der in Wien erschienenen Witzblätter zu präsentieren, doch die Fülle des vorhandenen Materials übersteigt bei weitem den Rahmen eines einzelnen Bandes.

Aus der Vielzahl der Blätter wurden nur die wichtigsten und typischesten knapp dokumentiert, um so eine historische Entwicklung erkennbar zu machen, die 1785 mit den „Briefen eines Eipeldauers“ einsetzt und 1934 mit dem sozialdemokratischen „Götz von Berlichingen“ endet.

Eine kritische Auswahl aus dem „Götz von Berlichingen“ (1919—1934) ist das zentrale Thema des vorliegenden Bandes.

Die josefinische Aufklärung brachte Österreich einen allgemeinen Aufschwung des Pressewesens, der in den sechziger und siebziger Jahren des 18. Jahrhunderts einsetzte und nach Verleihung der „erweiterten Preßfreiheit“ 1781 mit einer Flut von Broschüren, Zeitschriften und Zeitungen seinem Höhepunkt entgegenstrebte.

Zu dieser Zeit erhielt Wien auch sein erstes großes Witzblatt; die „Briefe eines Eipeldauers“.

Herausgeber und Verfasser der Eipeldauer-Briefe war der auch sonst ungemein fruchtbare Schriftsteller *Joseph Richter* (1749—1813). Er schlüpfte hier in die Rolle eines einfältigen Landmannes (aus Eipeldau, im 19. Jahrhundert umbenannt in Leopoldau), der in seinem unaffektierten Vorstadt-Wienerisch die Kaiserstadt beschreibt.

Diese „naiven“ Schilderungen, die sich über das Leben in Wien lustig machen und gewürzt sind durch Anmerkungen eines „waschechten“ Wieners, der sich über die Unwissenheit des „gscherten“ Vorstädters entsetzt, fügen sich zu einem humorvollen und plastischen Bild Wiens von der Zeit um 1800:

Textbeispiel:

Endlich sind wir in Holweg* kommen, und da hat der Hiesl vor dem Wirthshaus g'halten, wo die Eipeldauer einkehren. Da ist der Hausknecht kommen, der hat mich ein gnädigen Herrn g'heissen. Drauf hat er d' Schimmeln in Stall gführt, und dann bin ich ihm wieder eingfalln, und da sind wir über eine finstre Stiegn, die, wie der schnurgrade Weg voll Löcher und Grubn war, in ein stinkendes Zimmer kommen. Hier hat er Stalllatern auf den Tisch g'stellt, und drauf ein gedrucktes Papier gbracht. Da hab ich drauf schreiben müssen: Wie ich heiß: wo ich derhaim bin: was ich für ein Karackti hab: ob ich ein junger Gsell sey, oder ob ich Weib und Kinder hab: was ich in der Wienstadt will, und ob ich lang da bleib, und das muß ein jeder aufschreibn, der in d' Wienstadt kommt.

Das ist ein unvergleichliche Einrichtung hab ich mir denkt, wenn sich d' Schelm und d' Dieb, sobald s' nach der Wienstadt kommen, gleich selbst aufschreibn müssen, daß s' Schelm und Dieb sind.**

Mit der Figur des Eipeldauer hat Richter das lokale Witzblatt durch eine Anleihe bei der lokalen Posse bereichert: der Eipeldauer ist der Kasperl, der von der Bühne ins Witzblatt geholt wurde.

Ihre ungeheure Beliebtheit verdankten die Eipeldauer-Briefe vor allem der Verwendung der Mundart. Anfangs ließ Richter sie in sehr großen Abständen erscheinen: Das erste Heft erschien 1785, das zweite 1787, das dritte 1792, das vierte bis siebente 1793. Erst als ihr Erfolg feststand, ließ Richter die Zeitschrift (ab 1794) monatlich erscheinen. Zweimal

* Das ist sicher ein kleines Gassl gewesen. In der Wienstadt ein Holweg? Es könnt einen nicht närrischer träumen.

** Man muß wirklich ein Eipeldauer seyn, um gar so dumm in Tag hinein z'schreibn. Glaubt der Einfaltspinsel, daß d' Schelm und d' Dieb d' Narren seyn, und sich selbst angeben werden. Schreibn nicht einmal die Beamten ihren wahren Namen auf, wenn s' auf ein paar Täg heimlich von Preßburg auf Wien kommen.

Briefe eines Eipeldauers

an

seinen Herrn Vetter

in Kakran,

über

d' Wienstadt.

Aufgefangen und mit Noten herausgegeben

von

einem Wiener.

Erstes Heft.

Vierte Auflage.

Wien 1785.

versuchte er, die Eipeldauer-Briefe durch eine andere Zeitschrift zu ersetzen: 1798 veröffentlichte er „Die Wahrheit in Maske“, vom Verfasser der Eipeldauer Briefe, kehrte aber schon 1799 wieder zurück zu „Der wiederaufgelebte Eipeldauer“. 1802 wollte er ein lustiges Journal unter dem Titel „Der hinkende Teufel in Wien“ herausgeben, blieb aber dann der bewährten Figur treu und brachte die „Briefe des jungen Eipeldauers“ heraus.

Politisch trat der Eipeldauer bis 1793 für die josefinische Aufklärung ein, nach dem Wiener Jacobinerprozeß schwenkte er allerdings um. Seit 1802 bezog Richter eine monatliche Unterstützung aus dem geheimen Polizeifonds.

Nach Richters Tod (1813) übernahm der Dichter *Franz Karl Gewey* (1764—1819) die Herausgabe der Eipeldauer-Briefe. Von ihm übernahm sie *Adolph Bäuerle* (1786—1850), der seit 1804 auch die bekannte „Theaterzeitung“ herausgab. 1821 wurden die Eipeldauer-Briefe eingestellt.

Zwar versuchte 1831 der Schriftsteller und Theaterdichter *Joseph Alois Gleich* den großen Erfolg der Eipeldauer-Briefe mit seinen „Komischen Briefen des Hans Jörgel von Gumpoldskirchen an seinen Schwager Maxel in Feselau und dessen Gespräche über verschiedene Tagesbegebenheiten in Wien“ zu wiederholen; dieses Blatt wurde zwar populär, erreichte aber nie das literarische Niveau seines Vorgängers, weshalb es auch Zenker abschätzig das „Leiborgan der Hökerinnen vom Naschmarkt“ nannte.[1]

Erst 1837 erschien wieder ein Witzblatt, das auch etwas höhergesteckten Ansprüchen genügen konnte: „Der Humorist“.

Der Herausgeber und Redakteur *Moritz Gottlieb Saphir* (1795—1858) hatte in Berlin und München journalistische Erfahrungen gesammelt. Angeblich stand er für einige Zeit (1831/32) im Dienste Metternichs, ganz sicher ist, daß er immer betont kaisertreu war. Das prägte auch die politische Linie seines Blattes, das anfangs dreimal wöchentlich, später täglich erschien. Im Vordergrund standen die Theaterkritiken von M. G. Saphir sowie belletristische Beiträge, für die er sich bekannte Mitarbeiter sicherte: *Ignaz Franz Castelli, Ferdinand Kürnberger, Franz Stelzhamer* und andere.

Der Humorist.

Eine Zeitschrift
für
Scherz und Ernst, Kunst, Theater, Geselligkeit und Sitte.

Herausgegeben und redigirt
von
M. G. Saphir.

Nro. 1. Montag; 2. Jänner. Wien, 1837.

Die Erwartungen, mit denen das geistige Wien dem neugegründeten Blatt entgegenblickte, antizipierte Saphir selbst in einigen kleinen Sketches in der ersten Nummer:

Textbeispiel:

Redaktions-Büreau des Humoristen

Buchhalter. Ihr Humorist macht viel Sprechen in der Stadt.
Redakteur. So? das ist Recht.
Buchhalt. Viele loben ihn sehr.
Red. So? die haben recht.
Buchh. Viele schimpfen wieder.
Red. So? die haben auch recht.
Buchh. Viele sagen gar nichts.
Red. So? die haben erst recht recht.
Büreaudiener (kömmt). Es sind zwei Herren draußen, wollen pränumeriren.
Red. So? die haben am rechtesten.

In dieser Art blieb der Witz des „Humorist“: gefällige Wortspiele, ohne satirischen „Biß“.

Während der Revolution von 1848 bemühte sich Saphir, dem konservativ-konstitutionellen Blatt eine liberalere, politische Note zu geben, er konnte aber nicht verhindern, daß der „Humorist“ immer mehr an Bedeutung einbüßte. Zenker kommentiert, nicht ohne Schadenfreude: „Saphirs fortwitzelnder und spitzelnder, wortverrenkender und hyper-loyal denkender ‚Humorist‘ sank bald zu jener Nichtigkeit herab, die ihm gebührte. Gekränkt ging der Erbpächter des vormärzlichen Witzes nach Baden, Schwarzgelbovich genannt ..."[2] Mit dem Tode Saphirs 1858 war das Schicksal des Blattes, das nur mehr ein bescheidenes Dasein fristete, endgültig besiegelt: für ein Jahr übernahm ein Mitarbeiter der Redaktion, der Schriftsteller *Heinrich Ritter von Levitschnigg*[3] die Leitung, übergab sie aber schon 1859 an Saphirs Sohn, der die Zeitschrift ihrem stillen Ende (1862) entgegenführte.

Die Märzrevolution 1848 bedeutete für die österreichische, besonders aber die Wiener Presse einen ungeheuren Aufschwung. Am Vorabend der Revolution erschienen in Wien 35 periodische Druckschriften, davon 3 Tageszeitungen. Nach dem März wurden in Wien mehr als 300 periodische Druckschriften begründet, darunter 86 Tageszeitungen. Unter ihnen waren auch zahlreiche humoristisch-satirische Blätter, die die erwachte Freiheit und die revolutionäre Stimmung ausnützten: Es erschienen die „Fliegenden Blätter", „Der Satan", „Schwefeläther", „Wiener Katzenmusik" (Charivari), „Er mengt sich in alles", „Wiener Barrikadenspäße", „Geißel", um nur einige Titel zu nennen.

Doch die meisten verschwanden ebenso schnell, wie sie aufgetaucht waren, wieder von der Bühne. Das Scheitern der Revolution und die Einnahme Wiens durch die kaisertreuen Truppen unter Windischgrätz und Jellačić ließ viele nicht über drei, vier Nummern hinauskommen. Windischgrätz suspendierte auf die Dauer des Belagerungszustandes alle Zeitungen mit Ausnahme der offiziellen „Wiener Zeitung". Am 29. Oktober stellten damit alle Zeitungen ihr Erscheinen ein.

Aus der Flut der mehr oder weniger revolutionären Witzblätter ragen auch zwei Kuriosa; die erste von einer Frau redigierte und herausgegebene humoristisch-satirische Zeitschrift „Höllenstein".

Sie leistete einen bemerkenswerten, wenn auch nicht sehr fundierten Beitrag zur Emanzipation der Frau, indem sie die „Rolle des Unterrocks in der Weltgeschichte" beleuchtete. Nach fünf Nummern mußte sie ihr Erscheinen einstellen.

Noch weniger Glück hatte die „Allgemeine Judenzeitung". Das „Redaktions-Bourou" (sic!) dieses Unikats befand sich

Höllenstein.

Politisch-humoristische

Frauen- Zeitung,

Herausgegeben und verantwotet von

Adele Miller.

Porträt der Redactrice.

№ 1.

„im Latzenhof auf der Gasse“ und laut Ankündigung sollte die Zeitung „mit Ausnahme der Wochentäge an jeden Schabbesch täglich erscheinen“. Ein Versprechen, das nicht eingehalten werden konnte: es erschien nur eine einzige Nummer. Wie der Inhalt erkennen läßt, standen bereits die Truppen von Windischgrätz vor den Toren Wiens.

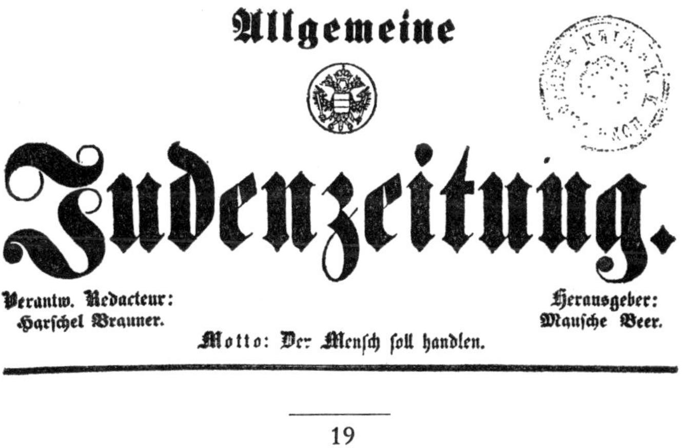
Allgemeine

Judenzeitung.

Verantw. Redacteur: Harschel Brauner.

Herausgeber: Mausche Beer.

Motto: Der Mensch soll handlen.

T e x t b e i s p i e l :

Aufgefangener Brief des Judenrabbiners Moritz Porgelles an den Durchl. General Windischgrätz

Im Namen aller aufgeklärten Juden ergeht an Sie hoher General die Aufforderung, nit mer länger schießen zu wollen os die Kanoinen, weil die Kanoinen lauter Löcher sind, um die rumgewunden is Metall, und weil eine Kugel aus einen solchen Loch abgeschossen wieder leicht Löcher machen kann, aus welchen Löchern man sehr leicht wieder Kanoinen machen könnte, und was macht man dann mit so viel Kanoinen. — Nehmen Sie sich e Beispiel an Harschel Benjamin, welcher mit seinen Weib schon 30 Jahr ohne Kanoin Krieg führt. —

In den Jahren nach 1848 herrschte die Reaktion, die natürlich besonders die Presse durch Verfügungen und Gesetze gängelte. In Wien konnten nur ein paar vorsichtige und betont loyale Witzblätter erscheinen, so der „Humorist" (schon ab 16. November 1848). Erst das Oktoberdiplom 1860 beendete die „neoabsolutistische" Ära, die konstitutionelle Monarchie begann in der Presse einen Bundesgenossen zu suchen.

1849 erschienen in Wien 4 humoristisch-satirische Blätter, 1850 waren es 5 — dabei blieb es bis 1858. 1862, mit dem Inkrafttreten des neuen Preßgesetzes, zeichnete sich ein Umschwung ab: es erschienen bereits wieder 11 humoristisch-satirische Blätter in Wien.

1857 wurde von *Karl Sitter* (1825—1884) das langlebigste österreichische Witzblatt begründet, der „Figaro".

Sitter hatte 1848 zusammen mit *J. Nord* den „Schwefeläther" herausgegeben; 1849 gründete er — zusammen mit *Ed. Breier* — den Wiener „Punch", der 1851 verboten wurde. Sitter wurde strafweise als Gefreiter zum Militär eingezogen, und erst auf Verwendung eines Ministers kam er wieder frei.

Nach seiner Entlassung schrieb er humoristische Feuilletons für verschiedene Zeitungen, bis er den „Figaro" gründete (aus Zensurgründen wurde anfangs sein Name in der Redaktion nicht genannt). Vielleicht erklären diese Umstände die versöhnliche und wenig aggressive Haltung des „Figaro", der keine Erinnerung mehr an die Revolution aufkommen läßt.

№ 1. Wien, den 4. Jänner 1857.

Figaro.

Was ihr euch Gelehrte für Geld nicht erwerbt —

Das hab' ich von meiner Frau Mutter geerbt.

Humoristisches Wochenblatt.

Erscheint jeden Sonntag und ist um den Preis von 36 kr. vierteljährig durch alle Buchhandlungen zu beziehen. Einzelne Nummern kosten 3 kr. C. M.
Mit directer Postzusendung vierteljährig 48 kr. C. M.

Politisch war er deutschliberal und unabhängig.

Nur einer der Mitarbeiter der Zeitschrift, *Ferdinand Kürnberger* (1823—1879), bewahrte sich zeit seines Lebens das Revolutionsfieber und kritisierte in seinen politischen Feuilletons und Essays, die er für zahlreiche Zeitungen schrieb, die postrevolutionäre Epoche. Zwei seiner (bis dahin unveröffentlichten) Aufsätze hat später der „Götz von Berlichingen" abgedruckt (siehe Seite 40 und 97).

Neben Kürnberger waren auch *Daniel Spitzer* („Wiener Spaziergänge"), der Wiener Sittenschilderer *Friedrich Schlögl*, der Satiriker *F. F. Madaiseck* und später auch *Vinzenz Chiavacci* Mitarbeiter des „Figaro". 1876 erhielt die Zeitschrift das Beiblatt „Wiener Luft", gegründet von Sitter und Schlögl. Während der „Figaro" vor allem allgemeinösterreichische Zustände kritisierte, war das Beiblatt nur für Wien gedacht.

Sitter leitete den „Figaro" bis zu seinem Tod 1884. Von ihm übernahm der Dramatiker *Ludwig Anzengruber* (1839 bis 1889) die Redaktion. Nach dem Tod von Anzengruber führte *V. K. Schembera* (bis 1891) das Blatt, später *Theodor Herdlicka*.

Der „Figaro“ stellte erst 1919 sein Erscheinen ein, er hatte sich aber schon lang vorher selbst überlebt.

1861 war ein neuer, bisher nicht gehörter Ton unter den Wiener Witzblättern zu hören, ein derb-kräftiges „Kikeriki!“ Da wird beispielsweise gefragt, was eigentlich ein offizielles Blatt sei. Antwort des „Kikeriki“: „Nichts anderes als ein Claqueur der politischen Komödienspielerei.“

Gründer, Chefredakteur und langjähriger Leiter war der bekannte Journalist und Bühnenschriftsteller O. *F. Berg* (Pseudonym für Ottokar Franz Ebersberg, 1833—1886), der 1858 an der Herausgabe der satirischen Wochenschrift „Tritsch-Tratsch“ (bis 1859) mitwirkte.

Als Journalist führte O. F. Berg eine radikale und demagogische Sprache, die in ihrer Derbheit auf die unteren Bevölkerungsschichten abgestimmt war, unter denen der „Kikeriki“ auch seine zahlreichsten Leser fand. Sein Kampf galt dem Ultramontanismus, dem Bürokratismus, Militarismus, vor allem aber den Klerikalen: Diese Linie legte der Herausgeber schon in der ersten Nummer fest, wie ein kurzer Ausschnitt zeigt:

Textbeispiel:

Kikeriki-Predigt
über würdige und unwürdige Herren

Vielgeliebte Leser und Leserinnen! Es gibt eine kleine im Finstern schleichende Partei, welche Alle, die da nicht Augen verdrehen, Peterspfennige sammeln und Wallfahrten mitmachen, Ketzer, Freimaurer und Judenbuben heißt. Diese Afterpartei möchte in unserm schönen Vaterlande gern die Rolle des Hausherrn spielen, aber Kikeriki gibt sich der angenehmen Hoffnung hin, daß derselben früher oder später doch noch aufgesagt wird.

Seht, vielgeliebte Leser und Leserinnen, Kikeriki wird vielleicht auch heute oder morgen als „frecher Judenbub", „nichtswürdiger Hebräer" und „Zeitungsjud" verschrien werden; es wird heißen, er zieht das Heiligste in den Staub, „er untergräbt die Sittlichkeit" usw., und „Kikeriki ist doch kein Ungläubiger, er will nichts anderes, als die Würdigen von den Unwürdigen unterscheiden!"

Die ungehobelten und derben Späße zogen dem Herausgeber, der politisch einen demokratischen Standpunkt vertrat, eine ganze Reihe von Prozessen auf den Hals. Das erhöhte aber nur seine Popularität; als Zeichen dafür kann man die zahlreichen Nachahmungen werten: 1870 erschien in Wien das „Tagebuch des Kikeriki" (nur ein Jahr), im selben Jahr der „Neue freie Kikeriki", in hebräischer Sprache erschien zwischen 1877 und 1883 ein „Jüdischer Kikeriki", in Triest 1869/70 „Il Kikeriki", 1871 erschien in Lemberg in Jiddisch der „Jidische Kikeriki".

Mitarbeiter des „Kikeriki" waren *Theodor Scheibbe, Benjamin Schier, Ludwig Anzengruber* und andere.

1886 starb O. F. Berg in Sinnesverwirrung. Nachdem die Leitung des Blattes häufig gewechselt hatte, übernahm 1898 *Fritz Ilger* (Fritz Gabriel) die Redaktion. Mit ihm schwenkte der „Kikeriki" in die Richtung des Wiener Antisemitismus ab. Bis zu Hitler blieb er dann klerikal und antisemitisch; 1933 hörte der „Kikeriki" auf zu erscheinen.

Ein besonderes Kapitel, das einer umfangreicheren Bearbeitung harrt, das wir hier aber nur fragmentarisch anreißen können, sind die in Wien erschienenen fremdsprachigen humoristisch-satirischen Blätter.

Wien als Hauptstadt des österreichischen Vielvölkerstaates beherbergte immer bedeutende Splittergruppen der verschiedenen Nationalitäten der Monarchie, die hier versuchten, ein

eigenes geistiges Leben aufzubauen oder von Wien aus in ihre eigentliche Heimat zu wirken.

Für Wien als Erscheinungsort von Witzblättern mit manchmal radikaler politischer Tendenz sprach die Tatsache, daß hier nicht nur alle technischen Voraussetzungen gegeben waren, sondern auch die Zensur relativ nachsichtig und liberal gehandhabt wurde. Auffallend ist aber, daß anscheinend nur Zeitschriften der slawischen Nationalitäten in der Hauptstadt erschienen. Die Italiener hatten in Triest ein lebendiges Zentrum ihres geistigen Lebens, und Triest war auch Erscheinungsort zahlreicher italienischer Witzblätter, wie des „Il

Pulcinello", „Il Pulcinello politico di Trieste", „Il Barbiere", „Il Gallo", „L'Asino" und vieler anderer.

Dasselbe gilt für die Ungarn und Budapest.

Die erste uns bekannte fremdsprachige humoristisch-satirische Zeitschrift erschien 1863 in ruthenischer (ukrainischer) Sprache.

Der „Strachopud" (Die Vogelscheuche) erschien bis 1866 in Wien, dann übersiedelte das Blatt nach Lemberg. Herausgeber und Redakteur war *Josif I. Livcak.*

Inhaltlich stand der Kampf der Ruthenen für ihre eigene kulturelle und auch politische Entwicklung und gegen den polnischen Nationalismus und die Ausbeutung der ruthenischen Bauern durch die polnischen Grundherren und ihre jüdischen Faktoren im Vordergrund.

Bezeichnend für die Hartnäckigkeit und Langlebigkeit österreichischer Probleme ist, daß der jetzt aktuelle Kärntner Ortstafelstreit schon 1864, also vor 110 Jahren, in Galizien seine Vorläufer hatte — der „Strachopud" trat natürlich für eine „ruthenische" Lösung ein:[4]

Wie Strachopud sich vorstellt

den Zentralismus

den Dualismus

und den Föderalismus in Österreich[5]

Das ist die Ortstafel	*Und das wäre die Ortstafel*
1. Nach dem System von Goluchowski	2. Nach dem System von Strachopud

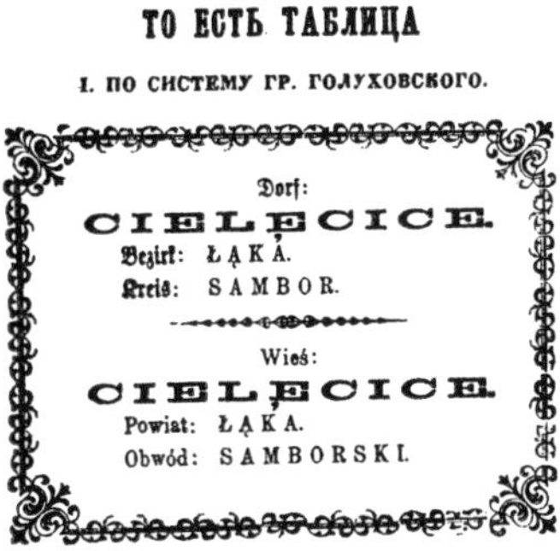
ТО ЕСТЬ ТАБЛИЦА

I. ПО СИСТЕМУ ГР. ГОЛУХОВСКОГО.

Dorf:
CIELĘCICE.
Bezirk: ŁĄKA.
Kreis: SAMBOR.

Wieś:
CIELĘCICE.
Powiat: ŁĄKA.
Obwód: SAMBORSKI.

А ТО БЫЛАБЫ ТАБЛИЦА

II. ПО СИСТЕМУ СТРАХОПУДА.

Село: ТЕЛЯТИЧИ.
Повѣтъ: ЛУКА
Округъ: САМБОРСКІЙ.

Dorf: / Wieś: CIELĘCICE.
Bezirk: / Powiat: ŁĄKA.
Kreis: / Obwód: SAMBOR.

Wie sich „Strachopud“ die Auswirkungen der Umbildung Österreichs in einen dualistischen, später föderalistischen Staatenverband vorstellte und welche Erwartungen für die kleinen Nationalitäten er daran knüpfte, zeigt nebenstehende Karikatur von 1865.

1866, im selben Jahr als der „Strachopud“ nach Lemberg übersiedelte, erschien in Wien eine „Humoristisch-satirische illustrierte Zeitschrift“ für die große tschechischsprachige Minderheit in der Hauptstadt, die allerdings nicht so sehr

Vychází tři krát za měsíc: 1. 10. a 20.

Jednotlivá čísla prodávají se po 6 kr. Expedice: Stadt, Schulerstrasse Nr. 19., Wollzeile Nr. 24. v průchodícím domě. Předplatné obnáší pro Vídeň: celoročně 2 zl. 10

ČESÍČEK

kr., půlletně 1 zl. 5 kr., čtvrtletně 53 kr. Předplatné pro venkov: celoročně 2 zl. 60 kr., půlletně 1 zl. 30 kr., čtvrtletně 65 kr. Předplatné a rukopisy zasílají se do redakce: Landstrasse, Erdbergerstrasse Nr. 3. — Za zásilku do domu platí se 18 kr. čtvrletně.

humoristicko-satyrycký illustrovaný časopis.

Číslo 15. Dne 20. května 1866. Ročník I.

Politik machen als vielmehr unterhalten wollte. Interessant war die Titelzeichnung: die Titelfigur steht zwischen den beiden „Hauptstädten“ der tschechischen Nation, Prag und Wien.

Herausgeber der Zeitschrift, die vom April 1866 bis April 1867 erschien, war *Jan Hofmann.*

Eine Spezialität des Blattes waren bebilderte Geschichten, in der Art von humoristischen Moritaten, wie etwa:

Ein trauriges und trübseliges Lied[6]

für Burschen und Jungfrauen, in diesem Jahr ans Licht gebracht und zum besseren Verständnis mit Bildern versehen

1. Hört ihr Jungfrauen und Burschen
   die traurige Nachricht, das neue Lied
2. Honzíček ging spazieren
   und führte die Kuh an einem Strick
3. es verdroß ihn dieses Gehen
   denn er spürte nur die Liebe
4. er träumte nur von Anka
   für sie war sein Herz entflammt
5. an sie dachte er, legte sich auf die Wiese
   ließ die Kuh alleine weiden
6. und die Kuh die fraß die Wiese
   blähte sich mehr und mehr auf
7. noch mehr blähte sich auf die Kuh
   bis sie — in zwei Teile zersprang
8. Honzíček wurd darob böse
   fluchte und machte allerlei böses
9. die Zornesadern schwollen an
   bis sie alle platzten
10. und der arme/elende Honzíček fiel um
    die sündige Seele trug der Teufel weg
11. als die Anka all dies sah
    weinte sie in großem Schmerz
12. es drehte sich ihr Herz um (im Leibe)
    und dann gab es keine Anka mehr
13. als die Leute dazu kamen
    fanden sie die zersprungenen Leiber
14. Sie sammelten sie, begruben sie
    und alle riefen „Amen“

Auch später erschienen verschiedene fremdsprachige humoristisch-satirische Blätter in Wien, wie 1871 „Zmaj“ (Serbisch), 1879 „Meteor“ (Polnisch), 1895 bis 1898 „Humorysta“ (Polnisch), 1906 bis 1908 „Videński Šotek“ (Tschechisch). Obwohl die Aufzählung wahrscheinlich nicht vollständig ist, kann man die Behauptung wagen, daß keine von ihnen mehr das Niveau eines „Strachopud“ oder „Češicek“ erreichte.

1869 gründeten der Zeichner *Karl Klič* (auch Klitsch) und der Journalist *Joseph Frisch,* der vorher das bekannte Pester Witzblatt „Borsszem Janko“ geleitet hatte, ein neues Witzblatt, ein typisches Kind der Gründer- und Ringstraßenzeit, das sich als viel harmloser und weniger bissig herausstellte, als sein Name versprach.

I. Jahrgang. Nr. 1. Preis einer Nummer 8 kr. 1. Jänner 1869.

DER FLOH.

ERSCHEINT JEDEN SONNTAG.

Hintermann des Unternehmens war der Herausgeber der offiziösen „Tagespresse“, *Moritz Gans von Ludassy,* und er war es sicher auch, der die politische Richtung des satirischen „Floh“ bestimmte: liberal und antisozialistisch.

Gegen die Arbeiterführer gemünzt war die stehende Figur des „Sozialistenführers“ Dr. Hippolit Plauschinski:

T e x t b e i s p i e l :

Manifest des Doctors Hippolit Plauschinski an die Völker Europas

Arbeiter!

Sozialdemokraten in Europa!

Menschen und übrige Bewohner des Erdballs!

Staunet und schweiget: Ich Dr. Hippolit Plauschinski rede zu euch!

Ich Hippolit Plauschinski, von Gottesgnaden und durch eigene Allmacht, euer Herr und Führer, der Diktator der europäischen Sozialdemokratie, vor dem ihr in Ehrfurcht eure Kniee beugen sollt! Wer seid ihr? Unter Meiner Führerschaft: die Gottheit, Alles! Ohne meine Führerschaft: ein Atom, ein Nichts!

Ich Hippolit Plauschinski bin frei von jeder Anmaßung und Eitelkeit; aber das kann ich trotz aller Bescheidenheit sagen: ich habe euch muthig a n g e f ü h r t, so lange keine Gefahr dabei war, und ich bin erst dann gewichen, als ich befürchtete, daß ich angegriffen werden könnte.

Nun hört und fallet vor Schrecken um: Ich Hippolit Plauschinski habe in Meiner unergründlichen Weisheit beschlossen, Meine vom Tische des Herrn genommene Führerschaft zurückzulegen, das heißt mit anderen Worten — euch dem Untergange preiszugeben.

Mein Entschluß ist unwandelbar — ewig!

Glaubt nicht, Elende! daß ich Mich durch Bitten und Thränen hungernder Greise und weinender Kinder werde erweichen lassen!

Weg von Mir!

Gehe nach Hause, arme Clio: Du hast jetzt mindestens auf ein Jahrhundert Ferien!

Dr. *Hippolit Plauschinski* m. p.

Mitarbeiter des Blattes, das sich später immer mehr von der Politik entfernte und ins Erotische, in die „Nuditäten" abglitt, waren *Karl Ludwig Arnold, Josef Braun, Alexander Landsberg* und andere. Bemerkenswert ist noch, daß „Der Floh" das erste österreichische Witzblatt war, das nach französischem und englischem Muster ein farbiges Titelblatt brachte — das meistens von Klic gezeichnet war.

Erwähnt werden soll auch der schon von Beginn an recht umfangreiche Inseratenteil, ein untrügliches Anzeichen, daß es einer neuen Zeit entgegenging; einzelne Inserate und Reklamen sind heute mindestens ebenso lustig wie die im Hauptteil angesiedelten Witze.

So wie der „Figaro" hörte auch „Der Floh" 1919 mit dem Zusammenbruch der österreichisch-ungarischen Monarchie auf.

Nur wenig später als der „Floh" und von einem der Redakteure desselben gegründet, erschien 1871 ein neues Witzblatt auf der Bildfläche, das mit seinem Titel eine noch verheerendere Wirkung ankündigte: „Die Bombe".

Begründer und erster Redakteur war *Joseph Braun,* der später von *Karl L. Nekam* abgelöst wurde. Von den Mitarbeitern können *Isidor Fuchs* und der Zeichner *Ladislaus von Frecskay* erwähnt werden. „Die Bombe" hatte eine ganze

Nr. 1. Preis einer Nummer 10 kr. = 2 1/3 Sgr. = 8 kr. südd. 8. Jänner 1871.

Pränumerations-Preis
loco Wien **1 Gulden**, sammt Zustellung in's Haus oder mit Postversendung **fl. 1.20** pro Quartal.
Man pränumerirt für Oesterreich-Ungarn in Wien, Schulerstrasse Nr. 18; für Deutschland bei allen Buchhandlungen und Postämtern; für Frankreich und England durch das königl. Postamt Köln, ausserdem durch H. C. Panzer, 93 London Wall 93 London.
Einzelne Nummern 10 kr. sowohl im Expeditions-Lokale in Wien, Schulerstrasse Nr. 18, als auch in allen Zeitungs-Verschleissen.

Die Bombe.

Erscheint jeden Sonntag.

Inserate
werden für Oesterreich-Ungarn in Wien, Schulerstrasse Nr. 18; für Deutschland bei Rudolf Mosse in Berlin, München und Hamburg angenommen und kostet die 4spaltige Nonpareille-Zeile 20 kr. öst. W. = 12 kr. südd. W. = 3 1/2 Sgr. nordd. W.
Commissionär in Leipzig Hermann Fries.
Briefe an die Redaktion abzugeben in Wien, Schulerstrasse Nr. 18. Unversiegelte Reklamationen sind portofrei. — Unfrankirte Briefe werden nicht angenommen.
Beiträge werden sofort nach ihrem Erscheinen honorirt, Manuskripte nicht zurückerstattet.

An unsere Leser!

Unsere erste Nummer erscheint verspätet. Der ursprüngliche Titel unseres Blattes **„Der Bismarck“** machte uns Schwierigkeiten. Wir sahen uns genöthigt, denselben zu ändern. Wir verloren den Titel, aber nicht den Kopf, und nannten unser Blatt

„Die Bombe“.

Im Uebrigen ging diese Veränderung als so schnelles Manöver vor sich, als wäre sie „unter Fritzens Augen“ geschehen. Wir verzichten daher für heute, die üblichen witzigen Pränumerations-Einladungs-Variationen über den Titel **„Die Bombe“** zu schreiben. Das Publikum wird dies gewiß schmerzlich empfinden. — Beileids-Bezeugungen und Trostbriefe werden, mit **1 fl. 20 kr.** vierteljährlich beschwert, entgegengenommen in der

Administration der „Bombe“,
Schulerstraße Nr. 18.

Reihe von stehenden Figuren: den „General Schlepp von Schleppsäbel“, „Schani Wuzelfellner“, die Kommunisten-Karikatur „Der Doppelkümmel-Petroleur“ und andere. Ein besonders beliebter Typ ist der jüdische Journalist mit seinem jüdelnden Jargon:

Textbeispiel:

Meine Tante Sprinzeles thüt lesen jedes Johr die ganze alte Bibel vum Anfang bis züm End. Wie sie züm erschten Mol hot gelesen die traurige Geschichte vun Josef, wos is worn verkauft vun seine Brüder, wor sie sehr gerihrt ünd das nechste Johr hot sie noch amol geweint über dieselbige Geschichte; im dritten Johr, wie sie seht, Josef loßt sich schon wieder foppen vun seine Brüder, schmeißt sie weg die Bibel ünd sogt: Wie haißt, worüm is er soi dumm ünd loßt sich betrügen züm drittenmol vun die eigenen Leit — jetzt hob i gor ka Mitleid mehr mit ihm, soll er sein kinftig gescheidter!

Auch alle anderen Witzblätter brachten mehr oder weniger gelungene Nachahmungen des Jargons; die Nachahmung bildete auch ein konstituierendes Element des „Juden-Witzes“ (vgl. etwa S. Freud. Der Witz).

Seinem Namen konnte das Blatt nie gerecht werden: Während es anfangs neben den vorherrschenden Bildern aus der Theater- und Operettenwelt noch gesellschaftliche und politische Satiren brachte, werden diese in späteren Jahren immer mehr verdrängt. Bald teilt es das Schicksal des „Floh“ und gleitet ins billig Erotische ab. 1923 stellt die „Bombe“ ihr Erscheinen ein.

Mit dem Auftreten des Brettls um die Jahrhundertwende hatte eigentlich das geschriebene und gezeichnete Kabarett des Witzblattes seine Funktion verloren.

Da trat 1905 noch einmal die secessionistische „Muskete“ auf, die in manchem an den Münchner „Simplicissimus“ erinnerte, ohne je dessen satirische Schärfe zu erreichen.

Der kommende Mann

Zeichnung von *Alexander Wilke*

„Ich bin jetzt bald einer der geistreichsten Männer Deutschlands. Aber sprecht noch nicht davon — es soll eine Überraschung sein.“

„DIE MUSKETE“

HUMORISTISCHE WOCHENSCHRIFT

ERSTER BAND

1905—1906, Nr. 1–26

WIEN 1906

VERLAG DER HUMORISTISCHEN WOCHENSCHRIFT „DIE MUSKETE“

Sie war künstlerisch zu ambitioniert, um als echtes Witzblatt angesprochen werden zu können. Unter der Leitung von *Wilhelm Freiherr von Appell* (1875—1911) wurde das Blatt auf hohem künstlerischen Niveau gehalten, wie schon eine Reihe von hervorragenden Mitarbeitern erkennen läßt: *Franz Theodor Csokor, Karl Hufnagl, Walter von Molo, Roda-Roda, Anton Wildgans* und andere.

Alles in allem war es weniger ein Witzblatt als eine illustrierte literarische Revue, die seriöse Kurzgeschichten und Gedichte brachte.

Trotzdem sind in der „Muskete“ auch eine Reihe ganz hervorragender Karikaturen zu finden.

In der Nachkriegszeit sank das Niveau immer mehr herab, bis das Blatt 1927 einging.

Der Götz von Berlichingen

Eine lustige Streitschrift gegen Alle

Nr. 1. Wien, 10. April 1919. Preis 60 Heller.

Nach der Katastrophe des Ersten Weltkriegs besann sich das Witzblatt auf seine ursprüngliche Funktion: im „Götz von Berlichingen“ — geboren aus der Revolution und genährt vom Hunger — entstand in Wien ein bissig-satirisches, politisch-aggressives Blatt, das schonungslos das Skalpell seines Witzes an alle Zeitübel ansetzte.

Aber gegen das, was da heraufkam, erwies sich der Witz als zu schwach, als wehrlos. Angesichts des Faschismus und der Machtübernahme Hitlers im benachbarten Deutschland ist dem letzten Wiener Witzblatt das Lachen vergangen.

Auch die erfolgreiche Konkurrenz, das politische Kabarett, hatte nicht lang zu lachen, nämlich nur von 1934 bis 1937. *Peter Hammerschlag,* Conférencier im „Lieben Augustin“, von dem einige Beiträge im „Götz“ erschienen sind (siehe Seite 85), endete als Wiener Jude ebenso wie *Beda-Löhner*, Zionist, Lehár-Librettist und einer der Hauptmitarbeiter des „Götz“ (siehe Seiten 46, 49, 51 und 89), im Konzentrationslager.

In manchen Jahren erschienen bis zu zwei Dutzend Titel wöchentlich. Allein die hier dokumentierten und ausgewählten zwölf Publikationen umfassen mehr als dreihundert Jahrgänge und bilden damit eine wienerische „comédie humaine“ der Weltgeschichte in Witzen, Parodien und Karikaturen.

Rückblick

Da die Generation meiner Mitarbeiter die Zeit des Wiener Witzblattes nicht miterlebt hat, aber beim Durchblättern mit ihr konfrontiert wurde, soll sie mit ihren Eindrücken selbst zu Wort kommen.

Richard Kovacevic (geboren 1930):

Da wir in einer Zeit leben, in der angeblich jeder frei denken, sagen und schreiben kann, was er eben denken, sagen und schreiben möchte, hat mich bei der Durchsicht alter Wiener Witzblätter eines am meisten überrascht — daß man sich nämlich unter der Zensur wesentlich mehr erlaubt und getraut hat, daß Witz und Satire damals wesentlich aggressiver und schärfer waren als heute. Nicht weniger faszinierend finde ich es — da es doch, seit ich lesen kann, keine Witzblätter und im Grunde genommen auch keinen Witz mehr gibt —, daß einmal ein derartiges Bedürfnis nach Unterhaltung dieser Art vorhanden war, wie man es sich heute gar nicht mehr vorstellen kann. Es ging mir da wie mit den Filmen aus der Stummfilmzeit; was damals in einem Film an Einfällen und Gags geboten wurde — davon könnte heute die gesamte Jahres-Lustspielproduktion leben.

Emmerich Kolovic (geboren 1933):

Im März 1938 wurde zu Hause der „Jesus im Kornfeld“, den meine Mutter 1930 in die Ehe mitgebracht hatte, gegen das offizielle Bild des „Führers“ ausgetauscht. Als ich 1939 in die Volksschule kam, baute sich vor mir der mächtige Katheder auf, dahinter der gefürchtete Lehrer und über ihm hing wieder das Bild Adolf Hitlers. Schon deshalb schien mir der „Führer“ über all den Dingen zu schweben, und ich hielt ihn sogar für den Urvater meines Vaters, obwohl sie beide etwa gleich alt waren. Meine Bewunderung galt auch einem braungekleideten Friseurmeister böhmischer Herkunft, der die Kunden immer nur gestiefelt rasierte und in unserem Hause das Deutschtum verbreitete. Diesen beiden opferte ich meine erste Leidenschaft: ich sammelte alles, was zur Aufrechterhaltung des Krieges und für den Sieg gefordert wurde, angefangen von alten Papierln bis zu stinkenden Knochenresten. Ich war sehr enttäuscht, daß es eines Tages trotzdem aus war — Hitler tot und der Hausgermane Funktionär einer neuen politischen Partei. Erst dreißig Jahre später, bei der Lektüre des „Götz von Berlichingen“, begegnete ich diesen zwei Vorbildern als Witzfiguren wieder. Dem einen als Tapezierer, schon 1923 an seinem Thronsessel bastelnd, dem anderen von der Heimwehr- in die SA-Uniform schlüpfend. Heute empfinde ich beim Anblick dieser Karikaturen nur die Zeitkritik, die ebenso wirkungslos geblieben ist wie so vieles andere auch. Ist uns in Wirklichkeit das Lachen vergangen oder ist uns nur der Witz verlorengegangen? Ist er vielleicht emigriert, liquidiert oder wird er nur mehr in avantgardistischen Happenings produziert? Vielleicht sind bekleckste Busen und Hintern oder heruntergelassene Hosen bei Vernissagen der „Götz“ von heute ...

Martin Pollack (geboren 1944):

Als Slavist hat mich besonders die Entdeckung der ruthenischen, tschechischen und polnischen Witzblätter gefreut; es war eine echte Entdeckung, weil diese Blätter von der einschlägigen Literatur ganz ignoriert werden — vielleicht, um nicht unerwünschte Zweifel am „deutschen“ Charakter Wiens aufkommen zu lassen?

Dabei sind diese Witzblätter ihren deutschsprachigen Zeitgenossen in jeder Hinsicht ebenbürtig, an Schärfe des Witzes und an Bissigkeit sind sie ihnen sogar überlegen.

Insgesamt gilt, daß die Witzblätter vom Text her für uns vor allem historisch zu begreifen sind: sie vermitteln weniger Unterhaltung als vielmehr politische Einsichten. Denn dort, wo der Witz nicht politisch ist, hat er meist seine Aussagekraft verloren.

Anmerkungen:

[1] Zenker. Geschichte der Wiener Journalistik während des Jahres 1848, Wien 1893, S. 61.

[2] Zenker a. a. O. S. 93.

[3] Heinrich Ritter von Levitschnigg veröffentlichte 1860 einen der ersten österreichischen Detektivromane, „Der Diebsfänger".

[4] „Strachopud" 15. (27.) September 1864.

[5] „Strachopud" 15. (27.) September 1865.

[6] „Češicek", 10. Jänner 1867.

Die schönsten und besten
Zähne
und
Luftdruckgebisse
etc. etc. nach neuester amerikanischer Manier zu billigsten Preisen. Plombirungen, besonders in Gold, sowie
Zahnoperationen
vollkommen schmerzlos unter Einfluss des ausserordentlich angenehm wirkenden und bei jedem Alter und Individualität gefahrlos abwendbaren
LUST-GASES
(Preis 2 fl. ö. W.) werden vorgenommen bei
Zahnarzt
Ludw. Heksch
Wien, Kohlmarkt 24,
im Hause zum Lothringer.
Ordinationenan Wochentagen von 10 bis 5 Uhr, an Sonn- und Feiertagen von 10 bis 1 Uhr.
23.22 (4–52)

III

GÖTZ VON BERLICHINGEN 1919

Götzens Merkspruch

Der Ritter Götz von Berlichingen mit der eisernen Hand ist auf dem papierenen Denkmal, das ihm der Herr Geheimrat von Goethe gesetzt hat, gleichsam von hinten herum populär geworden.

In die deutsche Geschichte bahnte er sich seinen Weg mit der eisernen Faust, die er seinen Widersachern entgegenstreckte, im Gemüte und im täglichen Leben des deutschen Volkes aber setzte er sich mit einem anderen Körperteil fest, den er Freund und Feind keineswegs mit Eisen verschlossen, sondern frei und ehrlich, wie es seine Art ist, gleichsam mit geöffnetem Hintervisier, entgegenhielt.

Man kann sich mit dem Merkspruch des Götz das Gemüt erleichtern, die Unerfüllbarkeit seines Programms, welches den Gegner überzeugen sollte, damit besiegeln, aber man wird schließlich damit beim Gegner doch nur den Eindruck hervorrufen, man habe ihm nichts anderes mehr zu sagen, als daß man auf eine weitere Auseinandersetzung mit ihm verzichte.

Der wackere Ritter Götz ist von Resignation und Ergebung und vom Abbruch der Auseinandersetzung mit seinen Widersachern weit entfernt, da er im dritten Akt seiner von Herrn von Goethe dramatisierten Lebensbeschreibung das Fenster zuschmeißt und den berühmten Ausspruch nicht tut. Da er sein Hintervisier aufschlägt, juckt's ihn erst recht in der eisernen Faust. Die Stelle ist nämlich so populär geworden, daß die allerwenigsten Leute noch wissen, wie sie eigentlich lautet. Sie zitieren nur das, was der Götz da *nicht* ausspricht. Was er aber sagt, lautet:

„Mich ergeben! Auf Gnad' und Ungnad'! Mit wem redet Ihr? Bin ich ein Räuber? Sag' deinem Hauptmann: Vor Ihrer kaiserlichen Majestät hab' ich, wie immer, schuldigen Respekt. Er aber, sags ihm, er kann mich … (schmeißt das Fenster zu)."

So spricht der Götz. Und weil wir gerade so sprechen wollen, darum haben wir sein Mark- und Merkwort zu unserem Leitwort erwählt. Wenn draußen die Trompeter, mögen sie nun schwarze oder schwarzgelbe oder auch rote Röcke anhaben, noch so laut blasen und uns zur Übergabe auf Gnad' und Ungnad' auffordern, wir kapitulieren nicht!

Drum rufen wir zu gutem Anfang: „Hie Götzens Faust und Götzens Hinterteil allewege!"

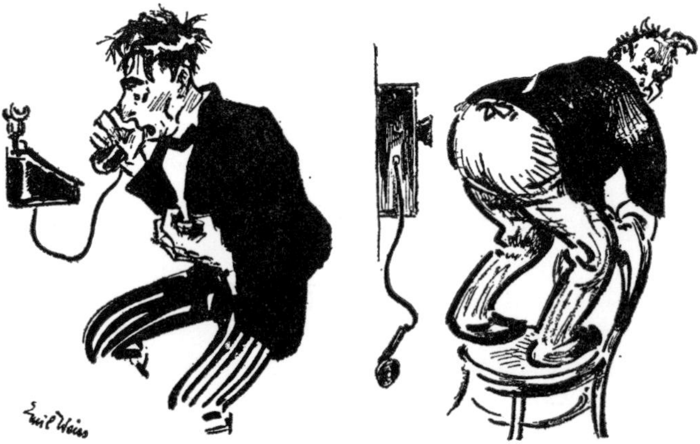

Laß nie durch einen Fernspruch dich aus der Ruhe bringen,
denk immer an den Kernspruch des „Götz von Berlichingen"!

L. M. I. A.

Von Ferdinand Kürnberger

Wir haben viel genossen, mit leckeren Zungen an vielen Leckerbissen geleckt. Aber wo bleibt der Dank? Den Athenern danken wir's schon durch Jahrtausende, daß wir attisches Salz lecken. Inzwischen — auch im Deutschen leckt es sich gut. Die Deutschen wissen das wohl; sie laden sich ja unaufhörlich drauf ein! Einladungen aber ist man Dank schuldig, und unzähligen Einladungen zuletzt eine Dankessumme, welche kein einzelnes Menschenherz mehr leisten kann. Auch das tiefste und pietätvollste nicht. Zum Beispiel: das meinige.

Ich empfinde die Dankesschuld, von der ich spreche, schon längst in den majestätischen Verhältnissen einer Nationalschuld, und so befriedigt mich nur noch der Gedanke eines großartigen Nationaldenkmals, um unsrer Pflicht zu genügen. Leider fehlt uns der Held dazu, der große Unbekannte, der eben unbekannt ist wie alles Große und Größte. Nur sein Werk hat er uns hinterlassen und nur das Symbolum seines Werkes können wir andeutungsweise verewigen, indem wir dem Denkmal unseres Nationaldankes in leuchtenden Zügen die goldene Inschrift aufsetzen: L. M. I. A.

Wer aber nennt uns jenen Helden, Entdecker und Schöpfer, jenen All- und Urweisen, der zu diesen Hieroglyphen den verbindenden Text gedichtet? Er ist der größte Wohltäter der deutschen Sprache. Er hat jedem Deutschen einen unermeßlichen Dienst geleistet. Wir alle leben von seiner waghalsigen, aber wahrhaft unsterblichen Erfindung. Die Sprache des Ulfilas ist gestorben, des Beowulfs, des Sachsenspiegels, der Limburger Chronik, sogar die Kernsprache Bismarcks wird sterben, und nicht einmal Kalau wird das Banner seiner Kalauer durch alle Zeiten der Sprachgeschichte tragen. Ruhm dem Manne, der in der ganzen deutschen Sprache das Bleibende und Ewige gefunden! Drei Worte nenn' ich euch inhaltsschwer, sagt Schiller; vier Buchstaben nenn' ich euch noch inhaltsschwerer, dürfte jener vorhistorische Schiller sagen, der uns nicht einmal seinen Namen, sondern nur sein großes Werk hinterlassen.

L. M. I. A.! Die deutsche Einheit konnte uns unmöglich entgehen, nachdem das Einigste aller deutschen Uneinigkeiten schon so frühzeitig entdeckt war. In jenem Schibboleth ist jeder Deutsche zunächst mit sich selbst einig, sein Konzept das klarste, seine Willensrichtung die entschiedenste, und so fehlte es nicht — denn der wahre Charakter wirkt immer magnetisch — daß von Mann zu Mann die Deutschen endlich als Volk einig geworden. Man brauchte das edle Samenkorn nur sich selbst zu überlassen, und es mußte zu einem Baume aufwachsen, der die ganze Nation überschattet. Wer feine Sinne hatte, konnte die Zeichen der Zeit schon vor Jahrhunderten deuten. Als Ritter Götz von Jagsthausen den glücklichen Wurf tat, die mystische Vierzahl in die Diplomatensprache einzuführen, und als Ultimatum einem inneren Feinde damit den Kriegsfall zu stellen, da war die Zukunft schon vorgezeichnet, denn ein größerer Ritter durfte dasselbe nur gegen einen äußeren Feind und an einem anderen Orte, zum Beispiel in Ems tun, worauf uns die reife Frucht der deutschen Einheit von selbst in den Schoß fiel.

Was alles Einheits-Adept sein möchte! Der Zollverein machte eine deutsche Einheit — aus Syrupfässern; die Gothaer und Erfurter — aus Professoren; die allgemeine katholische Kirche — aus Betbrüdern und Betschwestern; aber aus ständischen Einzelheiten wird keine Einheit. Ein wirklich gemeinsames Band muß Pfaffen und Laien, Professoren und Kamele, Syrupfässer und Grafenkronen, muß Arm und Reich, Hoch und Niedrig, muß alles, was Mensch heißt und nichts Menschliches ablehnt, unter eine oberste Formel zu bringen wissen. Das tat nur er, jener große Unbekannte, welcher das Tetragramm erfunden. In dieser Formel sind wir alle geeinigt, sie erst umschließt die ganze deutsche *Zunge*.

Gab es doch eine Zeit, wo die deutsche Zunge nicht einmal deutsch, sondern lateinisch war, eine tote Gelehrtensprache, und auf den Krücken der Klassiker stand. Wie bedenklich! Auf fremder Basis stürzt jedes Volkstum. Was hielt das unsrige aufrecht? Jenes winzig schmale, aber granitene Piedestal, auf welchem es, wie der Storch, wenigstens auf einem Beine noch Fuß zu fassen vermochte. Aus dieser Wurzel wurde die tote Sprache wieder lebendig, sehr lebendig, denn tief im Innern trieb die schaffende Gewalt, sie brauchte der Äußerungen nicht. Im lateinischen Examen hatte jener Professor jenen Studenten durchfallen lassen; man war beiderseits mit seinem Latein zu Ende. Der Student fuhr zornig auf und stürmte der Türe zu. Da geschah ein Wunder. In plötzlicher Pracht zeigten sich die unermeßlichen Hilfsmittel eines wahren Volkstums, die deutsche Wurzel durchbrach den lateinischen Humus, der innere Klassiker den äußern Klassiker. Wir alle wissen, was sich in diesem Augenblicke ereignete. Und Sie mich auch! rief der Professor dem Studenten nach. — Wie meinen, Herr Professor?! — Wie Sie meinen! Aber soll ich

Reinhard Urbach
DIE WIENER KOMÖDIE UND IHR PUBLIKUM
Stranitzky und die Folgen

Die Wiener Komödie suchte immer den Widerhall im Publikum. Sie übte stets die fröhliche Katastrophe und war nie nur harmloses Vergnügen. Ihre Stücke wurden dort unsterblich, wo sie Kritik an den Herrschenden übten und das Unbehagen der Untergebenen artikulierten.

148 Seiten, davon 16 Seiten Schwarzweißabbildungen, 1 Farbtafel, Pappband mit Leinenprägung, mit Schutzumschlag.
öS 130,– sFr 22,– DM 19,–
6019-1

Otto Erich Deutsch
MUSIKALISCHE KUCKUCKSEIER
und andere Wiener Musikgeschichten

Dieses Buch hebt einen bisher kaum zugänglichen Schatz an Wissen und persönlichem Charme. Nie zuvor wurde das pittoreske Element der Alt-Wiener Musikszene mit solcher Authentizität und solch feinem Humor lebendig wie in dieser essayistischen Auswahl aus dem Werk des großen Musikhistorikers.

136 Seiten, davon 16 Seiten Schwarzweißabbildungen, 4 Farbtafeln, Pappband mit Leinenprägung, mit Schutzumschlag.
öS 130,– sFr 22,– DM 19,–
6076-0

Heinrich Lunardi
ALTE WIENER UHREN UND IHR MUSEUM

Die Zeitmessung, das dazugehörende Kunsthandwerk und die historische Vergangenheit einer Stadt stehen in ursächlichem Zusammenhang. Der Autor beginnt nach einleitenden Aufsätzen einen Gang durchs Wiener Uhrenmuseum und breitet an Hand der dortigen Exponate die Geschichte der Stadt vor dem Leser aus.

154 Seiten, davon 16 Seiten Schwarzweißabbildungen, 4 Farbtafeln, Pappband mit Leinenprägung, mit Schutzumschlag.
öS 130,– sFr 22,– DM 19,–
6077-9

Waltraud Neuwirth
PORZELLAN AUS WIEN

Die Geschichte der Porzellanmanufaktur im Wiener Augarten. Erstmals gibt es einen vollständigen Überblick von den Anfängen du Paquiers über die Staatsmanufaktur Maria Theresias bis zu den Jugendstil-Porzellanen und die Geschichte des jetzigen Betriebes im Augarten.

136 Seiten, davon 16 Seiten Schwarzweißabbildungen, 5 Farbtafeln, Pappband mit Leinenprägung, mit Schutzumschlag.
öS 130,– sFr 22,– DM 19,–
6084-1

Eigentümer, Herausgeber und Verleger: Jugend und Volk Verlagsges. m. b. H., A-1014 Wien 1, Tiefer Graben 7—9. Text und für den Inhalt verantwortlich: Karl Kukla, gleiche Anschrift. 66 093. Gedruckt bei Jugend und Volk Verlagsges. m. b. H.

Überreicht durch:

Elfriede Ott

Phantasie in 'Ö'-Dur

Aus einem Zufall wurde eine wienerische Institution: die Ott-Abende im Zwischenreich zwischen Theater, Konzert und Cabaret. Elfriede Ott erzählt ihre Erlebnisse beim Suchen und Finden und Sprechen und Singen ihrer Lieder, sie schildert Begegnungen mit Sälen, Partnern, Stimmbändern, Medien, Begleitern, Pannen, Kostümen und Volksmengen

WIENER THEMEN

J&V

das auf mir sitzen lassen? Darum sage ich: und Sie mich auch. — Jedermann kennt diese Anekdote. Wer aber kennt ihren Wert! Ach, wie der Deutsche seine höchsten Nationalgüter verkennt! Diese Anekdote zeigt uns im Besitz einer Sprache, einer heiligen Geheimsprache, welche von Zungen nicht gesprochen, von Ohren nicht gehört, und doch verstanden wird! Kann etwas geistiger sein? Wohl die höchste Blüte des deutschen Idealismus! Gibt es eine Sprache des Herzens, so ist es diese oder keine, denn alle Definitionen passen auf sie. Zart, duftig, verschwiegen, mehr geahnt und empfunden als grob verkörpert, in der Knospe verschlossen und doch ruchbar wie die aufgeblühteste Blume, ist es eine Sprache, mehr der inneren Anschauung als des trockenen Vernunftbegriffs, eine Sprache, in Luft aufgelöst, ein ätherisches Öl, eine wahre aura popularis, das Ozon im Elemente der Popularität!

Ein solches Fluidum, welches der rauhesten Brust ihren Brustton gibt, aber auch der zartesten Lunge noch respirabel bleibt, muß den Körper, den es durchdringt, bis zur Unsterblichkeit beleben. Staaten und Völker, die gestorben sind, gingen vielleicht nur am Mangel unseres Ozons zugrunde. Was könnte sich auch zersetzen und auflösen, was durch ein Bindemittel von so allgemein ausgleichender Kraft nicht noch stärker zusammengehalten würde? Wie böslich zersetzend war zum Beispiel die Formel: Friede den Hütten, Krieg den Palästen! In *unserer* Formel aber sind Palast und Hütte wieder einig und schöpfen gemeinsam aus einem unerschöpflichen Born von Brüderlichkeit. Oder kann sich ein Mensch Palastmauern vorstellen, welche so dick wären, daß die kleine geflügelte Viktoria unseres geflügelten Wortes nicht spielend ihren Siegeseinzug durch die Mauern hielte? Nimmermehr! Man sieht es den vier Federchen dieser Zauberflügel nicht an, was für eine Spannweite sie haben! Indem sie sich entfalten, umspannen sie ungezählte Millionen und sind so grenzenlos inklusiv, daß kein „Exklusive“ dagegen aufkommt.

In der Straßenluft liegen alle volkstümlichen Elemente buchstäblich in der Luft.

Die Gassenbuben haben sich so lange und so erfolgreich in die ernsthafte Lage des Herrn von Berlichingen hineinphantasiert, bis sie den harmlosesten Scherz daraus machten. Was Ritter Götz noch als Ultimatum, ja als Sommation in die Stürme der Zeit hineinwarf, ist durch den süßen Kindermund der Gassenbuben jetzt ein vertrauliches Pourparler geworden. Die zarten Kleinen *spielten* eben mit dem Schlachtschwert von Jagsthausen, aber sie spielten so fleißig und ausdauernd damit, daß sie ihm all seine Schrecken hinwegspielten. Durch stärksten Gebrauch zaubern auch die schwächsten Hände, und das taten die Gassenbuben. Sie haben die Waffe des schwäbischen Ritters abgenützt, abgeschliffen, verfeinert, schlank und schmächtig gemacht, man möchte fast sagen: idealisiert. Heute ist sie ein leichtes Rapier und ein elegantes Fleuret, das in einem Anfall pikanter Ungezogenheit selbst eine Grazie ins weiche Händchen nehmen kann, um einen lächelnden Lufthieb damit zu führen. So haben die Gassenbuben das geistige Klima von Deutschland gemildert und für uns getan, was Herkules für Griechenland und Bakchos für Indien.

Ein Umschwung ohnegleichen hat sich in der Kulturgeschichte unseres Tetragramms vollzogen. Von Haus aus ein Prototyp von Kraft und das schlagfertigste aller Kraftwörter, hat es einerseits die starr konservative Kraft gehabt, die herbe Jungfräulichkeit seines mythologischen Ursprungs rein zu bewahren, und ist es mit flüssiger Fortschrittsfähigkeit doch auch ein Organ der Humanität, ein Regenbogen der Versöhnung, ein Merkmal liebenswürdiger Laune und eine Bürgschaft von Friede und Freundlichkeit geworden. Glaubt man doch keines deutschen Mannes wahrhaft sicher zu sein, bis er nicht die Freundlichkeit — der Grobheit hat. Bis dahin ist er „zugeknöpft", das heißt in ehrlichen deutschen Landen fast ein halber Landesverräter. Land und Volk trauen ihm erst, wenn er „aufgeknöpft" ist, und das ist er am vollkommensten nur in jener symbolischen Redensart, welche ohne weitgehende Aufgeknöpftheit gar keinen Sinn hätte. Diese Redensart aber ist gleichsam sein Eid der Treue für Volk und Vaterland, sein Homogialeid vor dem Altar der Nationalgottheit, sein ausgestellter Revers für Erfüllung all seiner Bürgerpflichten, kurz, seine Option für die Deutschheit, deren höchste Bürgerpflicht die *Gemütlichkeit* ist. Staatsklug ohnegleichen wäre es zum Beispiel gewesen, den Elsässern und Lothringern diese Formel ihrer Option zu erlauben. Dem Sinne nach konnte sie ihre gallomanische Abneigung damit ausdrücken, aber der Ausdruck selbst wäre ein Bruderton uralter Zusammengehörigkeit gewesen. Welch ein Meisterstreich, einen solchen Doppelsinn in eine solche Einheit aufzulösen! Vielleicht hätte in Elsaß und Lothringen nicht *Ein* Mann anders votiert, aber *Allen* konnten wir zujauchzen: Ha, die Stimme der Natur! Komm' an mein Bruderherz!

Das „compelle intrare" ist alt in der Politik, aber neu und originell wäre es in dieser zwingenden Dialektik gewesen. Willst du deutsch sein? — L. M. I. A. — Ja, du bist es!

(Aus dem ungedruckten Nachlaß, Mai 1876.)

Tagesprogramm

„Morgen trete ich eine Reise durch Deutschösterreich an."
„Und was machen Sie nachmittags?"

Kaffeehausgespräche

A: „Glauben Sie wirklich, wir bekommen die *Räterepublik?*"

B: „Gott behüte, so hart sind wir nicht, wir sind weicher, wir bleiben bei der *Rederepublik.*"

*

A: „Wir müssen doch schließlich einen Namen bekommen. Wir nennen uns Deutschösterreich. Clemenceau nennt uns nur Österreich. Man wird etwas Neues erfinden müssen, einen für uns charakteristischen Namen."

B: „Vielleicht nennen wir uns *Operettanien.*"

*

A: „Wenn die Entente die Friedensbedingungen verbessert, ist dies doch der Beweis dafür, daß sie uns leben lassen will."

B: „Ich sehe darin nur ein Zeichen, daß sie uns vorläufig nicht sterben lassen mag."

Für die G'müatlichkeit gibt's kane Grenzen!

Hauptsach' is, daß Grinzing bei uns bleibt!

Heuriger 1919

Beda

Dös waß no' ka Gelehrter
Und a ka Philosoph:
Im Wald, da singt die Amsel,
Und der Wolf singt in Gersthof!
Mir san die Stadt der Lieder,
Da singt man überall —
Der Kubala in Ottakring
Und im Busch die Nachtigall!

Die Welt reißt ganz damisch
Uns jetzt die Haxen aus,
Doch mir san halt g'mütlich
Und machen uns nix draus . . .
Mir ham ka „Gott erhalte!"
Und a kan „Siegeskranz" —
Mir ham das „Letzte Krandl"
Und spiel'n an harben Tanz!

Präuscher-Marterln

O Publikum! Du siehst beim Präuscher
Raubmörder, Roß- und Menschentäuscher,
siehst Edelmenschen und Falotten,
heut' sind sie alle Sansculotten.

Hier ist der „Walzerkönig" Strauß,
ein Dieb zog ihm die Hosen aus.
Bewundert auch den Kleiderlosen.
Er bleibt ein König auch in Unterhosen.

Aber auch der Finanzminister,
Ihr seht, sehr gut gekleidet ist er.
Der einzige im ganzen Haus,
denn er — zieht selbst die Leute aus.

th. h.

Die Brut von Versailles

Das neue Staatswappen

Zeichnung von *Franz Wacik*

Ein Entwurf des „Götz".

Fastenzeitmarterl

Hier ruht der letzte Bürger.
Der Hunger war sein Würger.
Er aß nur Mist und Sand.
Sein Tod war die Antant.

Konjugation

Ich arbeite,
Du agitierst,
Er streikt,
Wir verhungern,
Ihr demonstriert,
Sie schießen.

Baron Lulu und die Republik

Mir sind die neuen Zeiten nicht sympathisch,
Und mich hineinzufinden, fällt mir schwer;
Ich war und werde niemals demokratisch
Und finde die Gesinnung ordinär —
Wo sind die sogenannten Ideale,
Was sind die Folgen dieser Politik?!
Um zehn Uhr schließt man alle Nachtlokale . . .!
Und so was nennt man eine Republik!

In allen hohen Ämtern sitzen Menschen
Ganz ohne Connaissance und Protektion,
Die öffentlich Kartoffelgulasch lunchen . . .!
Da macht mein Magen Revolution!
Erst gestern sah ich einen dieser Vögel,
Die heutzutag' regieren das Geschick —
Der Kerl hat nicht mal manikürte Nägel . . .!
Und so was nennt man eine Republik!

Ein stolzer Ritter des Mariannenkreuzes,
Wenn er es anlegt, gilt als Humorist;
Man boykottiert sogar den Hans von Reitzes,
Obwohl doch der so gut katholisch ist.
Man sagt schon „Herr“ zu Schneidern und zu Schustern
Und für Rebellen gibt es keinen Strick,
Mein Freund, der Theisinger, darf nicht mehr mustern —
Und so was nennt man eine Republik!

Wie konnten diese Trotteln jetzt gar schenken
Den Frau'n das Wahlrecht? Sind sie völlig blind?
Die wählen rot — das kann man sich ja denken,
Weil sie doch meistens unbefriedigt sind!
Da bin ich sehr für den Radikalismus
Und eine konsequente Politik,
In puncto „Frau" bin ich für Kommunismus,
Das wär' ein Schlager für die Republik!

Da mir die Sachen absolut nicht passen,
Will ich als Patriot von echter Rass'
Das heißgeliebte Vaterland verlassen —
Doch das Gesindel gibt mir keinen Paß! —
So will ich denn verkitschen die Besitzung
Meines Geschlechtes, werde Bolschewik' —
Und kriege Arbeitslosenunterstützung —
Es lebe hoch die freie Republik!

Beda

Skizzen von der Kärntner Straße

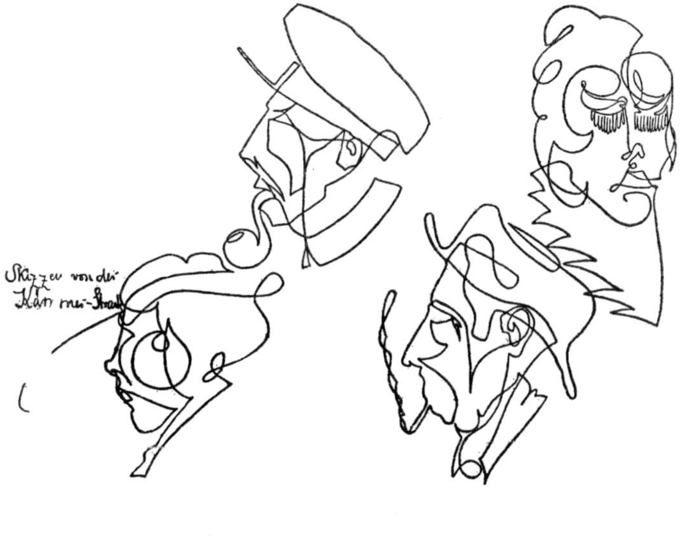

Montagmorgen in der Zentrale

Jessas na! Mir brummt der Schädl!
War das gestern eine Hetz'!
So a Mistviech, diese Gredl!
Wie die g'futtert hat beim Sveč!

Welche Nummer? — Bitte — bitte —
Wie — wie — wie?! Halloh — halloh!
(So ein frecher Israelite!)
Ich versteh' schlecht — siebzehnzwoo?!
(Häng' Di auf!)

Gleich vier Kerls hat s' mitgenommen,
Diese komische Person!
Ich bin mir so vorgekommen
Wie a G'sellschaftstelephon!

Welche Nummer?! Welche Nummer?!
Bitte — bitte — Automat!
(So a Wurschtl, so a dummer!)
Klopfen S' auf'n Apparat!
(Geh', ziag o!)

Und am Ringelspül — na, so was!
Und dann nachher — dieser Wein!
Das war'n lauter Casanovas!
Pfui — die Männer sind gemein!

Bitte — bitte — wie?! — Versteh' net!
Wie? Halloh! — Versteh'n Sie jetzt?!
(Aber was! Heut' geht es eh net!)
Einsundzwanzigneun?! — Besetzt!
(Hab' mi gern!)

Kinder, hab' ich lachen müssen!
Was der für an Stuß hat g'red't!
Küssen aber kann er — küssen —!
G'mütlich in sein Kabinett! . . .

. . . .

Fix! — so schütteln S' mit dem Hörrohr!
Schluß! — Man spricht interurban!
Wie?! Was?! Wer?! — Das is a Terror!?!
Morgen zeig ich Ihnen an!
(— — — !)

Beda

Ernährungshilfe

IV

GÖTZ VON BERLICHINGEN 1923/1924

Wozu Kant und wozu Goethe
Oder sonst ein weises Haus?
Jeder Schuster und Prolete
Lacht die Geisteshelden aus.

Der Refrain

„Ja, wenn kein Krieg gewesen wär', dann wär' unser Elend nicht so groß!"

„Nun, wer hat den Krieg angefangen? Die Juden!"

„Ja, wenn wenigstens keine Revolution gegen den Krieg gekommen wär'!"

„Nun, wer hat die Revolution gegen den Krieg gemacht? Die Juden!"

„Ja, wenn der Kapitalismus jetzt wenigstens ein Einsehen hätt' und den sozialen Gegensatz verkleinerte!"

„Nun, wer macht denn den Kapitalismus? Die Juden!"

„Ja, wenn aber anderseits die ewigen Unruhen und Streiks unterblieben!"

„Nun, wer hetzt denn und schürt allerweil? Die Juden!"

„Schrecklich! Schrecklich! Warum alles in der Welt so arg eingerichtet ist. Neid und Haß und Mißgunst und Not und Elend! Warum der liebe Gott das nur so gemacht hat?"

„Weil er a . . ."

*

Vizekanzler Dr. Frank hat in der Polemik mit den Sozialdemokraten die Forderung nach Straflosigkeit der Fruchtabtreibung mit den Worten abgetan: „Das ist nicht gangbar!"

*

„Recht hat er, daß er die Fruchtabtreibung verbietet. Was für ein schreckliches Gefühl muß es für das arme Kind sein, zu wissen, daß es nicht auf die Welt kommt!"

Psychiatrisches Gutachten

über den Geisteszustand der Aloysia Sedlak

Die der versuchten Notzucht beschuldigte und uns zur Prüfung ihres Geisteszustandes übergebene Aloysia Sedlak entstammt, laut behördlichen Erhebungen, einer mit den äußeren Zeichen verschiedener pathologischer Entartungen behafteten Familie.

Von der Mutter ist bekannt, daß sie die letzten Jahre ihres Lebens sozusagen unausgesetzt mit der Beobachtung der ein- und ausgehenden Gäste öffentlicher Bedürfnisanstalten verbrachte; offenbar gehörte sie jener harmlosen Art der Sexualpsychopathen an, die aus der bloßen Vorstellung gewisser Situationen erotischen Lustgewinn ziehen.

In ihrem Beruf als Klosettfrau hatte die Mutter es mit sehr verschiedenartigen Menschen zu tun, was den geistigen Entwicklungsgang der heranwachsenden Aloysia natürlich entscheidend beeinflußte. Sie erklärte uns auf Befragen, sie entsinne sich mehrerer Fälle, wo elegante Herren die der Obhut ihrer Mutter anvertraute Anstalt in einem unbeobachteten Augenblick verließen, ohne die vorgeschriebene Benützungsgebühr entrichtet zu haben: dies habe ihr damals bereits Depressionszustände verursacht und sie mit der Erbitterung gegen die bestehende soziale Ordnung erfüllt.

Auch der Vater ist ein typischer Degeneré, wie aus seinen zahlreichen Anständen mit der Polizei wegen Schnellfahrens, mangelhafter Beleuchtung seines Fuhrwerks usw. hervorgeht. Obwohl hierüber keine bestimmten Angaben vorliegen, muß in Anbetracht des Umstandes, daß er von Beruf Einspännerkutscher war, zumindest die Disposition zum Verbrauch beträchtlicher Alkoholmengen bei ihm und damit ein weiteres Moment hereditärer Belastung bei Aloysia Sedlak supponiert werden.

Schließlich sei auch noch auf einen Großonkel mütterlicherseits verwiesen, der in der Landesirrenanstalt Steinhof gestorben ist; er war dort als Wärter angestellt und wurde eines Tages mit durchbissener Gurgel in der Zelle seines Pfleglings aufgefunden.

Ihr kennt mich alle

Klassisches Zitat

Boris

„Ihr seid doch nicht Abgeordnete für das Volk, sondern Abgeordnete gegeneinander."

Die kleine Aloysia verbrachte ihre Kindheit teils innerhalb, teils in der nächsten Umgebung einer Bedürfnisanstalt des Volkspraters. Sie lernte von Anfang an das Leben von seiner düstersten Seite, menschliche Not aus nächster Nähe sehen. Von der Mutter gezwungen, mehrere Stunden des Tages mit dem Zerschneiden der umfangreichen Sonntagsnummern von Zeitungen zu verbringen, wurde die Phantasie des Kindes durch die seltsamen Wendungen und Phrasen der Leitartikel, durch die bizarren Adjektiva der Feuilletons, vor allem aber durch die anregenden Anerbietungen im Annoncenteil, in verderblichster Weise beschäftigt.

Als ihr die Bedeutung der Annoncen in der Rubrik „Unterricht" aufgegangen war, stürzte sie zu der Mutter, um von ihr mit den Worten: „Mutter, i bin a Madel und wüll an Lebenswandel führen!" Abschied zu nehmen. Die Mutter erwiderte nichts als:

„Is eh Zeit, Bankert, vadächtiga!"

Von da an führte die Sedlak das Leben, das ihr durch vererbte Anlage und krankhafte Neigung vorgeschrieben war. Der pathologische Grundzug ihres Wesens verleugnete sich nicht, als ihr der Oberpostoffizial Nepomuk Wrba, ein in angesehener Stellung befindlicher Mann gesetzten Alters, einen Heiratsantrag machte. Sie lehnte die letzte Aussicht, zu einem ehrlichen Leben zurückzukehren, mit dem zynischen Wort:

„Lekmimoasch"

ab. Befragt, womit sie diese unbegreifliche Handlungsweise motiviere, gab sie uns zur Antwort:

„Die anen verführen a Madel und lassen's nachher sitzen; die anderen heiraten's und lassen's liegen. Ich bleib lieber sitzen als liegen."

Die tiefgehende Geisteszerrüttung wäre durch diesen Ausspruch allein hinlänglich offenbar; doch wird unsere Diagnose auf Psychopathia sexualis paranoica noch durch eine Reihe anderer Symptome, wie Kratzen am Kopf oder häufiges Aufsuchen der Toilette in der psychiatrischen Klinik, gestutzt. Obwohl also der Zustand weit vorgeschrittener Geistesgestörtheit vor und nach der inkriminierten Handlung — dem Zuruf: „Gehst mit, Klaner?"

— angenommen werden muß, sind wir doch zu der Überzeugung gelangt, daß Aloysia Sedlak im Augenblick der Tat vollkommen zurechnungsfähig war.

Wandlungsfähigkeit eines Wieners

Herr Navratil, recte Hofer, ist der größte Beweis der Nullität in Existenz und Wesen.

Er ist germanisierter Slave, er ist Hakenkreuzler, er ist Beamter in einer jüdischen Bank, er ist römisch-katholisch geschieden, er lebt im Konkubinat mit einer Konfessionslosen.

Im Namen der Republik

Josef Danilowatz

Wir Männer von der Richterschar
im schwarzen Käppi und Talar,
wir sitzen immer obenan,
daß man uns besser sehen kann.
Mama Justitia ist blind,
wogegen wir es gar nicht sind.
Wir sprechen Recht nach eig'nem Blick:
Im Namen der Republik!

Mag sein, daß in der Wienerstadt
noch mancher eine Hemmung hat.
Dagegen hier in der Provinz,
in Krems a. D., in Grein und Linz
kennt Sentiments man nimmer nicht,
ein jeder ist ein Bösewicht
und schnell vollzieht sich sein Geschick:
Im Namen der Republik!

Uns wird nicht schwer die Richterei,
spricht einer was von Schufterei,
dann findet man schon was man will,
nach einem eig'nen Rechtsgefühl:
Wer nicht ein treuer Monarchist
und teutscher Hakenkreuzler ist,
dem brechen wir hier das Genick:
Im Namen der Republik!

Bayreuth

Und wieder zieht nach Oberfranken
das Heer der Nibelungenkranken
in sanfter Götterdämmerung.
In Loden, Erdgeruch und Gala
marschieren sie dann auf Walhalla
zwecks Hirn- und Seelenkräftigung.

In Größenwahnfried bügeln heiter
der Heil- und Siegfried und so weiter
die deutsche Seele wieder glatt.
Hier übergibt er dem Verkehre,
was er mit allem Zubehöre
ererbt von seinen Vätern hat.

Hier wandeln deutsche Generale
als unentwegte Parsifale.
Es braust ein Ruf wie Donarhall.
Und im Kostüm der Merowinger
die gutgenährten Meistersinger
wie Schwertgeklirr und Wogenprall.

Frau Cosima, die hehre Minne,
sie kalkuliert die Reingewinne,
mit Blick auf Richards Marmorbild,
und singt: Das eine kommt ins Kröpfchen,
das andere ins Stahlhelmtöpfchen.
Und schaurig schwingt sie Schwert und Schild.

Und Siegfried läuft als chicer Gent rum
in diesem deutschen Wesenszentrum,
als echter Musensohn des Teut.
Am Fuße düstrer Epitaphen
stellt er sich jedem Photographen
als Herzog Siegfried von Bayreuth.

Erich Weinert

Hakenkreuz-Hymne

(Melodie: Der Gott, der Eisen wachsen ließ)

Der Gott, der Stumpfsinn wachsen ließ,
Wollt' Hakenkreuzler haben,
Vor großen Nasen ist ihm mies,
Er liebt die Großmaulknaben.
Drum lobt man sich sein ar'sch Gesicht,
Das Wotans Augenweide,
Auf daß man von dem Semgezücht
Den Teutsohn unterscheide.

Der Gott, der Berge aufgeführt,
Der tat's nicht für Semiten,
Uns ist die Bergwelt reserviert,
Total und unbeschnitten.
Der Teutsohn weiß auch die Natur
Auf arisch umzuteuten
Und möchte gern auf jeder Tour
Auch Judenskalps erbeuten.

Der Gott, der Feld und Wiese schuf
Und auch den Wald, den kühlen,
Der tat es nur zu dem Behuf,
Daß wir Soldaten spielen.
Wir lassen es zu Wotans Ehr'
Durch Au und Fluren knallen,
Zumal wer ohne Schutz und Wehr,
Den muß man überfallen.

Der Gott, der Knüppel wachsen läßt,
Der tut es uns zuliebe,
Wir feiern unser Weihefest
Im Zeichen blut'ger Hiebe,
Kultur und Sitte und Gesetz
Wird in den Grund gedroschen —
Ein Hoch dem Drusch, ein Hoch der Hetz,
Ein Hoch der großen Goschen!

Bajuvarische Überlegenheit

Alois Florath

„Wie soll'n denn dö Malefizwiener
ohne unser Bürgerbräu
an richtigen Sinn
für völkische Belange ham?!“

Friedhof-Marterln

Hier ruhn'n, teils in Jehova, teils in Christus,
Und teils in Wotan, rund ein Dutzend Banken,
Und dennoch starben alle — siehst du's! —
Im gleichen Glauben, nämlich an den Franken.

Hier ruht der abgebaute Bank-
Beamte Heinrich Habedank.
Von der Brigittabrücke sprang er
Hinüber, nach des Jenseits Anger.
Es ließ zurück der arme Sünder
Den Hut, den Rock, den Stock, fünf Kinder.

Hier ruht ein Staat, ein mag'rer Hund;
Noch immer knurrt sein hag'rer Mund.
Er ist nicht tot, jedoch sie haben
Zur Vorsicht lebend ihn begraben.

*

Letzte Hose — längst gewendet
Und zerfetzt der letzte Schuh . . .!
Wenn die Teuerung nicht endet,
Drückt sie ihm die Kehle zu
Diesem armen, gottverdammten
Festbesoldeten Beamten.
Und dann find't er seine Ruh!

Liebes Christkindlein!

Was soll ich dir sagen?
Jud' und Christ haben sich auch heuer übel vertragen. —
Es ist schon ein Jammer, Herr Jesus Christ,
Und da du selber beschnitten bist,
So schenke dem p. p. Alpenverein
Deinen Austritt. — (Er ist judenrein.)

Furchtbarer Traum eines Biertrinkers

Johann Schneider

Infolge der Hochschutzzölle wird der Genuß des Gerstensaftes in Zukunft nur mehr durch Injektionen erreichbar sein.

Moral von heute

Von Felix Savonarola

Wir leben in einer furchtbaren Zeit. Wohin man blickt, neue Namen, neue Autoren, neue Ideen über Dinge, über die wir, die Älteren, allein autoritative Anschauungen haben. Auf die Gefahr hin, von frivolem Burschentum beflegelt zu werden, muß endlich einmal gesagt werden, daß die Zeit, in der wir leben, ruchlos ist, fern jedem Ideal unserer Väter, fern jener goldenen Zeit, da es plauschende Erzherzöge gab, die einen Dichter in der Hofburg auf ihrem Leibstuhl sitzend empfingen, jovial mit „Servas Felix!" ansprachen und sogar dem in der Unterhaltung mit Humor hingeworfenen Wort „Saujud" noch immer einen würdevollen Klang zu geben verstanden.

Die Nacktheit triumphiert. Nicht nur in der Kunst — ich würde sagen „Afterkunst", wenn ich nicht gegen den Gebrauch von Worten wie „After" seit jeher gewesen wäre — nicht nur in der Kunst also, sondern sogar im gesellschaftlichen Leben, im Leben des Volkes und des Bürgers. Neulich sah ich auf der Straße ein junges Ding, halbwüchsig noch, kaum einundzwanzig Jahre alt, in einem Lebensstadium also, in dem die jungen Komtessen einer vergangenen Epoche schamrot wurden, wenn ihr keusches Auge auf eine Männerhose fiel, weil ihre unbefleckte Phantasie sich gleich den ganzen Inhalt dieser Hose vorstellen mußte. Ich hörte, wie dieses junge Ding einer Gefährtin in aller Seelenruhe, als würde es sich um die gleichgültigste Sache der Welt handeln, sagte: „Weißt, ich geh jetzt mit dem Franz. Er hat gesagt, wenn er aufgebessert wird, möcht er mich heiraten."

Kann man sich solche Verworfenheit, Produkt einer autoritäts- und pietätslosen Zeit, vorstellen? Ein Mädchen sagt, es „geht", wobei es doch zweifellos meint, daß es „liegt". Immer ist man gelegen, aber zu meiner Zeit nur im stillen Kämmerlein, und man hat sich gehütet, davon zu sprechen, und hat züchtig mit Geheimnis umgeben, was sich nur im keuschen Beisammensein zweier Liebenden abspielen darf.

In meinem Hause lebt ein Hausmeister mit seiner Gattin, Herr und Frau Mutzenbacher. Sie haben ein Töchterchen von etwa zwölf Jahren, Josefine genannt. Unlängst, als ich sie im dunklen Korridor mit einem Burschen überraschte, schlich ich mich neugierig näher, um zu sehen, was die beiden vorhatten. Grausamer Einblick in sittenlose Zustände wurde mir gewährt. Der Bursch umfaßte das Mädchen, küßte es und — es erwiderte die Küsse! Man stelle sich vor, daß ähnliches vor dreißig Jahren geschehen wäre! Hat jemand verderbte Phantasie genug, um zu denken, daß diese Josefine Mutzenbacher sich vor dreißig Jahren von einem jungen Burschen hätte küssen lassen? Nein und abermals nein! Meine Josefine würde die kindlichen Hände gefaltet und gesagt haben:

„Was du verlangst, das darf nicht sein. Mama und Papa haben mir verboten, mich von einem Mann küssen zu lassen, bevor wir unter dem Trauhimmel stehen!"

Unlängst mußte ich gesellschaftlicher Verpflichtungen halber — ein Theaterdirektor, über den ich einst hart geurteilt, wollte mich dort wegen meines neuen Stückes, das er unter Umständen zur Aufführung bringen wird, sprechen — eine Redoute besuchen! Ich war starr vor Staunen! Frauen und Mädchen zeigten ungeniert ihre Reize, die ihnen von der Natur doch wahrhaftig nur verliehen wurden, auf daß sie dem Gatten enthüllt werden, wenn er sich ein- oder gar zweimal im Monat zärtlich der Trauten nähert. Sie tanzten jene modernen, wilden bacchantischen Tänze, die jeder Nichttänzer als schamlos empfinden muß, man sah glühende Gesichter, in denen sich jene sexuelle Erregung widerspiegelte, die mir, der ich geläutert und gereinigt bin, längst fremd geworden ist.

So geht es nicht weiter! Ich will nicht nach der Polizei rufen, aber meiner Ansicht nach müßte die Polizei Verhältnissen ein Ende bereiten, die man selbst nicht mehr haben kann. Es geht nicht an, daß zu einer Zeit, wo erwachsene Männer wegen der ungünstigen Verhältnisse nicht mehr in die Lage kommen, junge Menschen Triebe entwickeln, die man nur mehr als unsittlich empfinden kann.

Man spreche mir nicht von Erotik, die das Leben veredelt und verschönt. Das ist Lüge; Erotik veredelt und verschönt nur jenen das Leben, die noch in der Lage sind. Wir sind aber nicht mehr in der Lage und daher verlangen wir Kraft unserer heiligsten, abgestorbenen Gefühle, daß sich das Liebesleben der Menschen in jenen edlen, sittsamen Bahnen abspiele, wie seinerzeit bei den Hausmeisterstöchtern, die wahrhaftig nicht von ihren Eltern sexuell aufgeklärt werden mußten.

Josefine Mutzenbacher, du keusches, süßes Ideal einer verklungenen Zeit, da einen der fesche Peter Ferdinand noch scherzhaft mit „Servas Felix!" begrüßte, komm' wieder, lehr' die Mädchen von heute, was Zucht und gute Sitte ist!

Maßnahmen zur Bekämpfung von Geschlechtskrankheiten

Das Wiener Sittenamt sieht sich angesichts der neuerdings wieder enorm um sich greifenden Geschlechtskrankheiten veranlaßt, in Form eines Merkblattes eine Reihe von Ratschlägen öffentlich zu verteilen, deren Beherzigung wir nur dringend empfehlen können. Das Merkblatt faßt seine Maßnahmen und Beobachtungen in folgende Punkte zusammen:

1. Da die meisten Geschlechtskrankheiten erfahrungsgemäß dem Geschlechtsverkehr ihre Entstehung verdanken, ist dieser tunlichst zu unterlassen.

2. Die Statistik über die Verbreitung der Geschlechtskrankheiten beweist, daß mit zunehmendem Alter die Wahrscheinlichkeit einer akuten Erkrankung abnimmt. Es wird also empfohlen, daß männliche Personen prinzipiell nicht mit weiblichen Personen unter sechzig Jahren verkehren, während junge, unerfahrene Frauenspersonen vor dem Verkehr mit Männern unter siebzig Jahren dringend zu warnen sind.

3. Es empfiehlt sich, ante festum, sich selbst und die andere Person ärztlich untersuchen zu lassen. Um dies leicht und bequem zu ermöglichen, hat das Sittenamt die Verfügung getroffen, daß jedem Verkehrslustigen auf sein Ansuchen polizeiärztliche Hilfe gratis zur Verfügung stehe. Läßt sich also zum Beispiel der Verkehr zwischen Personen verschiedenen Geschlechtes kaum mehr vermeiden, so möge der männliche Teil durch sein Privattelephon oder, falls er ein solches nicht hat oder ein solches nicht funktioniert, durch den nächsten Feuermelder die Polizei verständigen, die ihm sagen wird, wo der für den Geschlechtsbezirk zuständige Polizeiarzt anzutreffen ist. Daraufhin begibt sich die betreffende männliche Person mit der betreffenden weiblichen zu dem Polizeiarzt, der beide einer sorgfältigen Untersuchung unterziehen wird. Nunmehr können die beiden Verkehrslustigen sich wieder in ihr Heim begeben und tun, was sie eigentlich besser lassen sollten.

4. Selbstverständlich ist nur der Verkehr zwischen miteinander legitim verheirateten Personen verschiedenen Geschlechtes gestattet. Für katholisch Geschiedene, die eine so-

genannte Dispensehe eingegangen sind, ist jedesmal eine veterinärpolizeiliche Erlaubnis erforderlich, die auf Grund eines mit einem Zweitausendkronenstempel versehenen und beim magistratischen Bezirksamt eingereichten Gesuches erteilt wird.

Klassische Zitate

„Das Schicksal einer Ehe hängt von der ersten Nacht ab."
(Balzac)

Café Central

Du bist, Central, der Ort, der wenig leuchtet.
Von Gräßlichem dampfen deine Schalen, deren Untertassen stark befeuchtet.
Uralte Semmeln steigen verjüngt aus deinen Körben, Kind.
Vor deinen Preisen beugen sich Stammgäste, die alle meschugge sind.

Im Theatercafé

Friedell sagte einmal: „Mit mir sollte sich kein Theater einlassen. Immer geschieht etwas. Als ich Direktor der Fledermaus wurde, ging sie pleite. Im Ronacher spielt man ein Stück von mir, während der Aufführung starb Franz Joseph. Das Burgtheater . . ."

„Da stimmt es nicht", sagte einer. „Die haben Ihr Stück angenommen und doch ist kein Unglück geschehen."

„Wieso nicht? Wildgans ist doch Direktor geworden!"

Warum ist Wien keine Theaterstadt?

Zum Beispiel: Wie ist es mit den Schauspielern?

Der Raoul Aslan, der Romberg, der Höbling und die anderen lebenden Künstler führen hier ein völlig unbeachtetes und vor allem unbefriedigtes Dasein. Pallenberg war hier ein belächelter Komiker, bis Reinhardt entdeckte, daß er entdeckt war, worauf er ihn entdeckte. Kortner wurde manchmal gelobt, mehr getadelt, jetzt wird er in Berlin als Star bewundert, während man ihn in Wien noch immer für den letzten Tinef hält. Die Konstantin, die Massary, die Durieux, die Eysoldt, die Orska, die Roland, lauter Hernalserinnen, werden in Wien nur geschätzt, weil sie in Berlin berühmt sind. In Wien kennt man kaum ihre Namen. Reinhardt selbst, ein gebürtiger Ottakringer, galt in seiner Heimatstadt nichts, bevor er nicht berühmt wurde. Dann erst wurde er berühmt.

Klassische Zitate

„Wäre es nicht besser für die Frauen, wenn sie mit vierzig Jahren alle sterben würden?“

(Stendhal)

Theaterhistörchen

Der früher in Wien wirkende, seit Jahren in Berlin tätige Schauspieler Rudolf Forster hielt sich kürzlich ein paar Tage hier auf. Zur Erholung.

Ein Direktor machte ihm einen Gastspielantrag.

„Ach nee“, lehnte Forster ab, „wenn man in Wien mal wieder Theater spielt, dann will man überhaupt nicht mehr arbeiten!“

Hagenbeck im Burgtheater?

Das neueste Sanierungsprojekt

Es verlautet, daß in aller Stille zwischen der Bundestheaterverwaltung und dem Zirkus Hagenbeck ein Vertrag zustande gekommen ist, nach dem Hagenbeck mit seiner Tierschau Vorstellungen im Burgtheater geben wird. Zu gleicher Zeit würde ein Burgtheaterensemble im Zirkus-Renz-Gebäude gastieren. Geplant sind Aufführungen von: „Androklus und der Löwe“, „Das Märchen vom Wolf“, „Die Tigerin“, „Menagerie“ und andere.

Das Unterrichtsministerium soll sich bereit erklärt haben, Hagenbeck eine jährliche Subvention von drei Milliarden aus dem Bildungsfonds zu gewähren, während der Staat an allen Raubtierzuchtergebnissen, soweit sie die Folge Wiener Erlebnisse sein werden, zur Hälfte beteiligt wird.

Aus dem Tagebuch eines alten Sportsmannes

Früher hat man am Ende seiner Spielerlaufbahn vom Verein ein Geschenk bekommen.

Heute fangt man damit an.

Früher hat man gespielt, daß man Blut geschwitzt hat.

Heute tut das die Klubleitung.

Früher wurde der Sportsmann ausgelacht.

Heute bekommt man leicht ein Denkmal, aber wenigstens ein — Kaffeehaus.

V

GÖTZ VON BERLICHINGEN 1925/1926

Kannibal ante portas

Von unserem Spezialkorrespondenten

Wer, glauben Sie, kommt jetzt bald zu uns? Sie werden es nicht erraten. Eine Deputation von Menschenfressern. Was sie hier wollen? Kleinigkeit, Unterricht geben wollen sie. Die Nachrichten über Denke, Haarmann und Dworacek sind per Radio in die ganze Welt gegangen. Sogar bis zu den Fidschiinsulanern, die bekanntlich so heißen, weil sie mit Fidschipfeilen um sich schießen. Auch zu den Maoris, von deren Land das schöne Lied singt: „Wo der glückliche Maori, ja der glückliche Maori seine Schwiegermutter frißt!" Wir haben natürlich auch in diesem Land einen Spezialkorrespondenten. Er wird unter dem Namen „Der kleine Maoritz" gewiß auch Ihnen bekannt sein. Und was schreibt er? Wirklich interessant:

„Die Nachricht von den Menschenschlächtern hat auch die Wilden ganz wild gemacht. Sie ist natürlich per Radio zu uns gekommen. Natürlich nicht auf Welle 530, weil man da von Neuigkeiten nur die Marktberichte und von einem Ministerwechsel in Teheran erfährt. Aber die Numeration von der Welle ist ja gleichgültig. Der Oberpriester war schon über Denke und Haarmann sehr aufgeregt. Wie er auf Welle so und so viel noch von dem Schuster Dworacek gehört hat, hat er geglaubt, der Wellenschlag muß ihn treffen. Er hat alle zusammengerufen. Sie haben einen Kreis um ihn gebildet. Dann hat er zu der Versammlung geredet. ‚Löbliche Kreisversammlung!' hat er gesagt. ‚Jetzt kennen wir die europäische Kultur. Die letzten Radiogramme geben davon ein Bild. Was sage ich Bild? Ein Gemälde, ein Freskogemälde, ein Menschenfreßkogemälde! Es hat lange gedauert, bis unsere Geschmacksrichtung auch bei ihnen Eingang fand. Aber jetzt! Der Krieg hat doch schöne Erfolge gebracht. Was wird man noch zu hören bekommen? Mir wässert förmlich der Mund nach neuen Schlachtberichten. Der Dworacek und die anderen sind freilich vorläufig noch arme Schlucker.

Denn warum? Ihnen fehlten die Erfahrungen, die sich bei uns vom Vater auf den Sohn fortpflanzen. Wie sagt der große Maori-Dichter? ‚Wer wird künftig deine Kinder lehren — fleißig Menschen zu verzehren?'

Das muß anders werden. Wir schicken eine Mission nach Europa, und diese Kannibalenmissionäre sollen durch Vorträge und Experimente unsere Kultur den Europäern beibringen. Die Leute sollen sehen, daß der große deutsche Dichter recht hat. Wie hat er gesagt? ‚Wir Wilden sind doch bessere Menschen.' "

Das Trotzky-Rätsel — gelöst

Von unserem Moskauer Spezial-Berichterstatter

Was tut sich in Rußland? Kein Mensch kann es sich vorstellen. Nur unser Spezialkorrespondent kann es. Der berühmte Moskauer Journalist Malenko Moritzow kann es. Wie er es sich vorstellt, sollen Sie jetzt lesen.

Für Westeuropa ist Rußland eine Sphinx. Denn warum? Niemand weiß, was eigentlich in einer Sphinx ist. Sie heißt nämlich so nach den österreichischen Zigaretten. Und weiß man vielleicht, was darin ist? Also gut.

Früher einmal waren Trotzky und Lenin die beiden Sowjetsterne am Sowjethimmel. Sie waren akkurat so wie zwei Kompagnons, die ein großes Geschäft führen. Natürlich haben sie sich immer gestritten. Und wie gestritten! Hat der eine gesagt „so", hat der andere im Gegenteil gesagt „so", und hat es durchgesetzt. Der andere war aber fast immer der Trotzky. Denn warum? Er hat sich immer berufen auf den seligen Marx. „Akkurat wie ich es will, so hätt' es der selige Marx gemacht!" Wenn er das gesagt hat, wer hätt' ihm beweisen können, daß nein. Darum hat Lenin immer nachgegeben.

Nach außen hat das Geschäft floriert und nur wenige haben gewußt, wie sich die Kompagnons streiten. Der Trotzky hat immer recht behalten. Aber was tut Lenin? Eines Tages legt er sich nieder und stirbt. An seine Stelle kommt der Sinowjew.

Abrüstungs-Konferenz

Em. *Göndör*

Rüst' ab, wenn du nicht rüsten kannst,
Rüst' ab solang nur, als du magst!
Die Stunde kommt, die Stunde kommt,
Wo du dem Nachbarn Krieg ansagst!

Wieder haben sich die Kompagnons gestritten. Aber jetzt hat der Trotzky unrecht bekommen. Denn warum? Der andere hat jetzt den seligen Lenin zitiert und gesagt: „Akkurat genau so wie ich es will, hätte es auch der Lenin gemacht." Und jetzt hätte man ihm nicht beweisen können, daß nein. Der tote Lenin war stärker wie der lebendige. Der Trotzky hat sich gedacht: „Möchte ich gestorben sein, dann möchte man jetzt den Lenin absetzen." Weit gebracht hat es der arme Trotzky. Er muß die Militäruniform ausziehen und kann jetzt sogar Vaugoin beneiden. Das hat er wirklich nicht verdient.

Attentat auf die Relativitätstheorie

Hab ich mich aber erschrocken, wie ich die Nachricht gelesen habe. Eine Russin hat die Relativitätstheorie attentieren wollen. Schrecklich! Sie hat wollen eindringen, aber nicht in die Theorie, sondern in das Zimmer Einsteins, und einen scharfgeschliffenen Revolver hat sie bei sich gehabt. Die ganze Welt ist entsetzt. Auch den ältesten Leuten stehen die Haare zu Berge. Professor Einstein war schon wiederholt von Attentätlichkeiten bedroht. Denn warum? Schon der große Dichter sagt: „Es liebt die Welt, das Strahlende anzuschwärzen!"

Sagen Sie die Wahrheit, lieber Leser: Verstehen Sie etwas von der Relativitätstheorie? Ich auch nicht. Aber was ist da viel zu verstehen? Wir sind alle Feinde von dem Absolutismus, der Gott sei Dank gestorben ist. Dafür soll der Relativismus leben bis hundert Jahr. Die Einsteinsche Theorie ist tief, sehr tief, sogar relatief. Und so hoch können gewöhnliche Menschen nicht hinaufsteigen. Darüber giften sie sich. Die Hakenkreuzler haben schon lange einen Pick auf ihn gehabt. Wie hat der große Dichter den Kapuziner in „Wallensteins Lager" sagen lassen? „Ja freilich ist er uns allen Einstein des Anstoßes und Ärgernisses!"

Autobesitzer

„Das sind halt glückliche Menschen, die das Geld für die erste Monatsrate aufbringen können!"

Über die Autounfälle

Die Autler haben Wiens Fahrstraßen zu Gefahrstraßen gemacht. Hinter jeder Straßenkreuzung lauert mit stets zu spätem Hupen viertausendfach Tod und Not. Ja, nach den kompliziertesten Arm- und Beinbrüchen kräht heute kein Huhn im Topf mehr. Die Herren am rasenden Volant machen alles, was da kreucht und nicht rechtzeitig fleucht, dem Erdboden gleich und aus ihren Rädern eine Mördergrube.

Quo usque noch? Sollen wir weiter mit den verschränkten Beinen zusehen, wie uns diese geflissentlich vom Leibe getrennt werden? Sollen wir das Glas, in welches die Chauffeure zu tief geblickt, mit unserem Herzblut bis zum Rande füllen und uns von trunkenen Bolden vor den höchsten Richter bringen lassen, den jene niemals brauchen? Sollen wir uns widerstandslos wie Säue vor die Perl-Wagen werfen lassen?

Nein! Wir Fußbesitzer und Schustersrappisten protestieren gegen die Entziehung unserer Gehkonzession. Rad weg von unseren Füßen! Den Drunter- und Drübergriffen des rasenden Automobs muß rechtzeitig ein Riegel zwischen die Beine geworfen werden. Wenn das grünblaue Auge des Gesetzes nicht bald den Wiener Autoskandal mit eherner Stimme ins Knie zwingt, dann können wir alle über unsere Extremitäten das Hakenkreuz machen!

Marterl für die Opernkreuzung

Es bringt trotz Treu und Redlichkeit
Das Auto dich ins Grab,
Weichst du nur einen Finger breit
Vom weißen Wege ab.

Die Kommissionen

In Wien gibt's jetzt eine Neuerung —
Die Kommissionen zur Bekämpfung der Teuerung.
Ich glaube, es müßte sich schon verlohnen
Eine Kommission zur Bekämpfung der Kommissionen.

Mein feierabendliches Visavis

Der verschwiegene Hausbesorger

„Jesses, Pan Ipetzberge, gut daß ich Ihne triff! Jetzt ise do naie Gsetz für Hausbesurge — alsdenn, wie ise das mit de Verschwiegenhait?“

„No, dös is do klor wia Schuahwix! Bevur dös Gesetz do woa, hätt i Ihna darzähln därfen, stellns Ihna vur, gestern hot dö Mizzl von der Hofrätin, dös verflixte Mensch, wiada an neuchen Schamster haambracht! Jetzten is s' vierzehn Täg im Haus, dös Luada, und i zähl scho den sechsten! Und glaubens, liabe Frau Powolny, dö dalkerte Hofrätin merkat was? An Schmarrn! Dö hat sölba 'n Kopf voll, wia s' ihre Zenzi dem scheanglaten Dokta anhängen ko. Daß s' nur ja unter d' Hauben kummt, erzählt die Urschel, dö Zenzi nämli, überall, sie is dreißig Johr ... daß i nöt lach! Vierzg werds im Feber, i hab 'n Möldezettel sölba glesen, und die Frau Krautinger, was das Gspusi hat mit 'm Hausherrn vom Zwarerhaus, während si der Herr Gemäuhl mit die Dienstmadeln derfretten muaß ... dö hot mir aa derzöhlt, daß die Zenzi scho vierzg is, weil sie hat die Fräuln Zenzi neuli bsuacht, wias grad in der Badwann gsteckt is, und wann ma 's a so siacht ... mit nix umanand, nocha gspannt mas glei, daß mit die dreißg windig ausschaun muaß! Da is de Frau Novotny no jünger, dö was — Sö werns eh wissen — gar kane Novotny is, sondern a Pavlicekische, weil der Mann, der Novotny, is gor net ihr Mann, sie leben nur aso mitanand, und der Bua, der Pepi, is a Bankert und er hat eahm nur ataptiert ... Olsdern, sehgns Frau Powolny, und dös derf i jetzten nur mehr aner Amtsperson darzöhln, nur aner Amtsperson — Ihna nimmer! Leider — i siags jo ein — jedes Gsetz hot seine Härten ... oba, da laßt si nix tuan: Gsetz is Gsetz!“

Silberhochzeiter

Pimpelmeyers haben silberne Hochzeit und beschließen, den Tag gründlich zu feiern.

„Also, weißt was“, sagt Pimpelmeyer zu seiner rundlichen Theres', „heut' mach' mer's uns fein. Zum Frühstück gehma ins Kaffeehaus auf an Kaffee mit Schlagobers und Gugelhupf.“

Gesagt, getan. Als der Gatte gezahlt hatte, fragte Frau Theres': „Was tamma jetzt?" — „Jetzt gehma in Prater spazieren, daß ma an Appetit zum Mittagmahl krieg'n."

Sie gingen also in den Prater und dinierten gründlich in einem Stadtrestaurant. Frau Theres' fragte: „Was tamma jetzt?" — „Jetzt gehma auf an Schwarzen und les'n a bißl die Zeitungen."

Gesagt, getan. Frau Theres' fragte: „Was tamma jetzt?" — „Jetzt gehma am Korso und schaun uns die noblichen Leut' an, bis Zeit zum Nachtmahlen is."

Als Pimpelmeyer die umfangreiche Zeche beglichen hatte, fragte Frau Theres': „Was tamma jetzt?" — „Jetzt gehma in a Kabaree." Sie gingen in's Kabarett und Frau Theres' fragte, als der Gatte ihr in den umfangreichen Mantel hilft: „Was tamma jetzt?" — „Jetzt gehma in a Bar, daß' a Hetz is' und nacha gehma z'haus."

Sie kehrten heim, und beim roten Ampelschimmer des traulichen Schlafgemaches fragte Frau Theres' mit zärtlich schwimmenden Äuglein: „Was tamma jetzt?" — „Jetzt, jetzt tamma d' Füahs weh!"

Die wissenschaftliche Analyse des Gänsehäufelwassers

Die wissenschaftliche Untersuchungsanstalt „Nebbochonia" stellt uns die folgende Analyse des Gänsehäufelwassers zur Verfügung und bemerkt hiezu, daß die Proben an einem besonders besuchsreichen Tag der Nichtschwimmer-Abteilung des Familienbades entnommen wurden:

Wasser	61,5 Prozent
Badetrikot-Farbstoffe	8,3 Prozent
Braunolin	7,2 Prozent
Wasserstoffsuperoxyd	4,1 Prozent
Zucker	6,0 Prozent
Harnsäure	10,9 Prozent
Lippenschminke	2,0 Prozent

VI

GÖTZ VON BERLICHINGEN 1927/1928

Schattendorf

Die Schattendorfer Schinderfreunde
Sehn sie ein Kind, so schießen tot sie's,
Sind nicht gerade Kinderfreunde,
Denn aus den Kindern werden Sozis!

Salpeter

Die nackte Wahrheit

„Tja, wenn er wenigstens überall Feigenblätter hingezeichnet hättel"

Brand des Justizpalastes
Der 15. Juli

Ein *Elementar*ereignis unverantwortlicher *Elemente.*

*

Auf einem der Brandplätze wurden die verkohlten Reste eines *Kaninchens* gefunden. Es soll sich um jenes *Karnickel* handeln, welches nachweisbar *angefangen* hat.

*

Es hat sich die sonderbare Tatsache ergeben, daß Hypotheken durch Feuer gelöscht werden können.

Wiener Lexikon für Ausstellungsbesucher

Angwaschelt: Vorgeschrittener Zustand eines Heurigen-(s. d.)Besuchers.

Ausbeinlt: Populärer Ausdruck für die moderne Linie.

Bahöll: Lebhaftere Auseinandersetzung mehrerer Leute, oft auch prägnant für Sitzung des Nationalrates gebraucht.

Biberln: Einverleibung von aus Essig und Zucker zusammengesetzten Flüssigkeiten, s. „Heuriger".

Blitzen: Verlassen eines Lokals oder einer Dame vor Begleichung der konsumierten Genüsse; s. „Marie", „Pupperl" und „Wurzen".

Bsuff: Um die Hebung des Alkoholkonsums verdiente Persönlichkeit.

Diädiän: Begrüßungsformel der Wiener Wirte, soll ursprünglich gelautet haben: „Habe die Ehre, die Herren!"

Drahn: Hauptbeschäftigung der Wiener Bevölkerung bis 1914, der sagenhaft gewordenen „Schieber" 1914 bis 1922, derzeit der Fremden; vollzieht sich meist unter Anleitung der autochthonen Sachverständigen; s. „Pupperl".

Entere Gründ': Cottage-Ersatz der vorstädtischen Bevölkerung.

Faßldippler; neuerdings „Taxameter": Bierliebhaber, welche sich opfern, um die Wirte am Ausschenken des „Hansls" (s. d.) zu hindern.

Flitscherl: Nachkomme des seinerzeitigen berühmten „Süßen Mädels", mindere Spielart des „Pupperl" (s. d.), Hauptattraktion für die vom Balkan kommenden Messebesucher.

Gawlier: Sagenhafte Persönlichkeit der Vorkriegszeit, kam fast ausschließlich im Fiaker, auf dem Turf und in Séparées vor. Heute nur mehr als stark verschlechterte Abart „Gawlier mit Strupfen" vorkommend.

Der Amtsschimmel wird motorisiert

Grausbirn: Symbolisch für den Gemütszustand des heutigen Wieners.

Gschwuf: Begleiter des „Pupperl", oft in die Kategorie des „Gawlier mit Strupfen" gehörend.

Gspusi: Freundin auf geteilte Rechnung, uneigennützige Schwester des „Pupperl".

Hansl: Geringes alkoholhältiges Bier, von den Wiener Wirten im Interesse der Temperenzlerbewegung ausgeschenkt.

Hatschen: 1. hauptwörtlich: Despektierliche Bezeichnung älterer, nicht mehr reizvoller Damen; 2. zeitwörtlich: Gangart nach Absolvierung sportlicher oder erotischer Betätigung.

Heuriger: Hauptziel für Fremde, angebliche Heimstätte des „Hamurs“ und der „Gemütlichkeit“, unfreiwillige Förderungsstätten der städtischen Fürsorgetätigkeit, Nährboden der „Pupperln“ und „Wurzen“ (s. d.), Wegbereiter der Stundenhotelindustrie und des „Stiers“ (s. d.).

Hutschen: zeitwörtlich: Wiederholte Bemühung, mit Hilfe eines an Seilen befestigten Kahnes von der schlechtesten aller Welten wegzukommen. Daher „Hutschen S’ Ihna“: Gutgemeinter Rat, siehe auch „Verduften“.

Kren: Mäzen für Blumenmädchen, Heurigenmusiker, Kellner und „Pupperln“.

Marie: Ausländische, manchmal inländische Valuta, hervorstechendstes Merkmal des „Krens“ und der „Wurzen“. Nicht zu verwechseln mit

Mitzi: Gattungsname des „Pupperl“, welches es meist auf erstere abgesehen hat.

Neger: eigenschaftswörtlich: Metaphorisch gebraucht als Durchschnittsbezeichnung der Wiener, welche nicht über „Marie“ verfügen; siehe „potz“ und „stier“. Erst seit dem Gelingen der Sanierung gebräuchlich.

Pallawatsch: Sammelbegriff für die österreichische Volkswirtschaft und Politik.

Potz: eigenschaftswörtlich: Charakterisiert manchmal die berühmte „Verkaufts-mei-Gwand“-Stimmung, meist die finanzielle Verfassung des Österreichers nach Leistung der Steuerpflicht.

Pupperl: Überstundenarbeiterin für Einheimische und Fremde, kommt meist in Bars, Heurigen, auf dem Motorrücksitz und in Stundenhotels vor.

Quirxt: Häufiger Zustand des Wieners in der Elektrischen, bei Theatergarderoben und in der Eisenbahn sowie des Österreichers gegenüber dem Ausland.

Schwamma, Schwül, Schwips, Spitz: Verschiedene Stadien bei und nach dem Besuch des Wirtshauses und des Heurigen. Einzige Zuflucht des Österreichers vor den Segnungen der Volkswirtschaftspolitik.

Stier: Wiener und österreichische Spezialität des einzelnen und Staatshaushaltes, wird nur vorübergehend durch zuge-

Fremder: „Wem gilt das? Dem Franz Schubert?"
Einheimischer: „Aber naa: dem Oberchormeister Krchlitschek"

Fremder: „Wem gilt das? Eurem Chormeister?"
Einheimischer: „Aber naa: 'n Franz Schubert."

reiste private und in Genf akquirierte internationale „Wurzen“ gemildert.

Verduften: Schleunige Ortsveränderung ohne Hinterlassung von Rückständen. Wird oft den „Krens“ angeraten, wenn sie sich über die Höhe der Rechnung oder falsche Addition beschweren.

Wurzen: Volkstümliche Bezeichnung für zahlungskräftige Fremde aus der Provinz oder vom Ausland. Sie werden mit Hilfe von Chauffeuren, Kellnern, Pupperln, Wagentürlaufmachern, Blumenmädchen usw. rationell exploitiert.

Neck

Rund um das Burgtheater-Jubiläum

anläßlich seines vierzigjährigen Bestehens

Die Verwaltung des Döblinger Friedhofes wurde unlängst, am Abend der „Faust“-Aufführung im Burgtheater, durch ein merkwürdiges Rumoren in Unruhe versetzt. Nähere Nachforschungen ergaben, daß sich Josef Kainz im Grabe umgedreht hatte.

*

Gerüchterweise verlautet, daß Werner Krauss auf die Frage, ob er sein Engagement am Burgtheater zu verlängern gedenke, geantwortet habe: „Nicht um die Burg!“

*

Hofrat Herterich hat anläßlich des Jubiläums für Mitglieder, die das Burgtheater verlassen wollen, ein Burgverließ errichten lassen.

Schabbes

Anton Kuh kommt von einem Vortrag aus Berlin zurück und verkündet am Stammtisch:

„Sonnabend hatte ich in Berlin einen großen Erfolg!“

Alfred Polgar erwidert gallig:

„Sonnabend? Mensch, gehabe dich nur nicht gleich so berlinerisch — ich erinnere mich an eine Zeit, wo du den Tag nicht einmal als Samstag bezeichnet hast!“

Five o'clock

Zeichnung und Verse von Peter *Hammerschlag*

Nimm aus dem Kasten die gestreifte Hose
Und den Sakko —
Wirf dich in eine schöne Wüstlingspose,
Ganz comme il faut.

Beim Five o'clock mußt du Entree bezahlen
(Das stimmt zwar trüb).
Doch seh'n die Kellner dich mit Wohlgefallen —
Man hat dich lieb.

Zwei Stunden um. Und nichts ist dir geblieben.
Jetzt mußt du geh'n.
Nimm einen Trost mit, Freund: Von fünf bis sieben
Warst du mondän.

Koalition?

„Ausgeschlossen! Grad' jetzt, wo wir am schönsten Raufen sind?!"

Auf dem Fußballplatz

„Vota, warum haßt denn dös Freundschaftsmätsch?"

„Bledar Bua, weil sa sie nur abwatschen und net derschlagen!"

*

„Ich sag' Ihnen, die Mannschaft ist im Kommen!"

„Im Gegenteil, im Gehen! Zwei hat der Schiedsrichter ausgeschlossen und einen führen sie grad weg!"

*

„Hörst Ferdl, schau dar den Goolmann an! Der hat dar an Auswurf!"

„Jo, wiar a Brustkranker!"

*

„Jetzt habn S' mir mit Ihnarn Gschrei bereits das Trommelfell gsprengt, mit Ihnarn Tschick hamm S' mr so a Loch in Rock einebrennt, seit aner halben Stund stehn S' mr aufn Hühneraug drauf. Sie, Herr, wann S' jetzt no amol sagn, daß der rechte Flügel auf unserer Seitn a Patzer is, dann, dann — san Sö ka Fachmann!"

Der Fußballanhänger

Vor der Schlacht

Go-o-o-al für . . .

Goal gegen . . .

Foul!

Der Höhepunkt

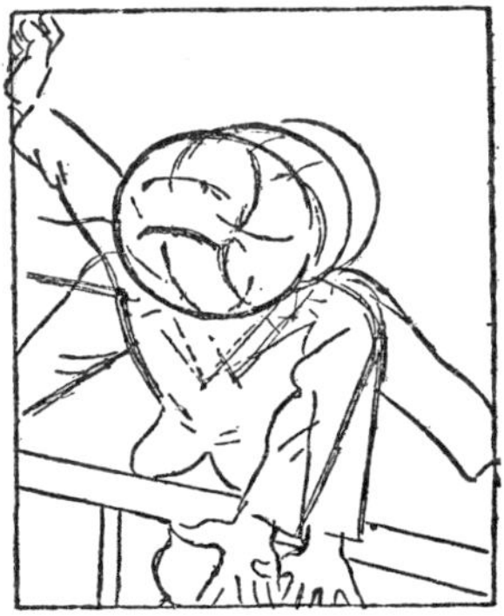

Schlußpfiff

Lexikon der Leuchten (IV)

Hans *Strohofer*

MAX REINHARDT

Schutzpatron von Salzburg. Beisteller der Erstsilbe des Begriffs „Reibaro". Stammsitzinhaber der „Transozeana Line". Meisterregisseur (ausgenommen Tabakregie). Konsulent für Textileinfuhr. Rauhgraf auf Leopoldskron. Gegenstand der Nachdichtung von Heinrich Heines „Der Asra": Täglich geht die wunderschöne — Freudenbotschaft auf und nieder: — Max, der Reinhardt, werde kommen! — Und die Kommentare plätschern. — Täglich stand das Gegenteil noch — Um die Abendzeit mit fetten — Lettern in den Abendblättern. — Maxens Kurs schwankt wie der Zloty. — Wie die Klöppel in den Glocken — Auf den Türmen der Stadt Salzburg: — Auf und ab, und auf und nieder. — Täglich immer schwank und schwanker. — Drum entscheide dich nun endlich. — An der Donau, an der Salzach, — Zeig' dich doch dem Stamm der Astra (arabisch = Esel), — Die da sterben, wenn sie lieben.

Reinhardt filmt in Hollywood

Amerika, du hast es besser!
Du hast noch keinen Filmprofessor;
Jedoch auf deinem Boden blühten
Der Chaplin und der Buster Keaton!

Du drehst noch nicht die „tiefen Themen“,
Erziehst das Volk nicht mit „Problemen“,
Die Kinositze sind nicht Lehrbänk’
Bei Tommy Mix und Douglas Fairbank.

Ihr Boxer und ihr Büffelherden,
Nun soll es aber anders werden!
Das Schicksal, unerbittlich, steinhart,
Es kommt! Escompt! Es kommt Max Reinhardt.

Die Salzburg-Glocken sind verklungen,
Der Kirchensketsch, der ist mißlungen
Und das Theater, kunsterkoren,
Blitzt wohl nicht Geist, jedoch Autoren!

Er könnt’ zwar still und gottergeben
Von Zinsen seiner Schulden leben;
Doch er verläßt Musik und Prosa —
Und filmt bei Mater Dollarosa!

Bevor das große Schiff verschwindet,
Wird rasch noch ein Konzern gegründet.
Dann zieht der Schöpfer in die Weite —
Dort, wo er schöpfte, bleibt die Pleite.

Beda

Vorschau zur Eröffnung des Wiener Schipalastes

Ganz Wien, soweit es wintersportlich orientiert ist, blickt mit größter Spannung der Eröffnung des in eine Schiübungswiese verwandelten Nordwestbahnhofes entgegen. Unserem Mitarbeiter ist es gelungen, die vor der Vollendung stehenden Arbeiten zu besichtigen und seinen Berichten zufolge erwartet die Wintersportler eine Reihe noch nie dagewesener Bequemlichkeiten und Sensationen. Wir erwähnen nur die bisher weniger bekannten Details, wie zum Beispiel die patentierte Verkühlmaschine, deren Ventilatoren eisgekühlte Luftströme durch die Halle senden und die Besucher alle Nervenproben eines Hochgebirgswintersturmes erleben lassen. (Frostbeulensalbe am Büfett erhältlich.) Die Endkurve der Damenrodelbahn ist im Hinblick auf die Schaulust der Herrenwelt zum Umschmeißen aller passierenden Schlitten eingerichtet. Einige Gletscherflohpärchen wurden bereits ausgesetzt und scheinen sich lebhaft zu vermehren. Die Errichtung eines Wintersportstundenhotels in nächster Nähe ist geplant. Nicht zu vergessen, daß einer der wichtigsten Berufsstände Wiens, die Schneeschaufler, endlich ganzjährig Beschäftigung finden wird.

VII

GÖTZ VON BERLICHINGEN 1929—1931

Neuestes Testament

Selig sind die Armen im Geiste, denn ihrer wird das „Dritte Reich“ . . .

Der Nazi

Die Nationalsozialisten haben in den letzten Tagen in Wien einen Gautag, oder, was durch die Vorfälle bei ihrem Fackelzug bewiesen wurde, richtiger Hautag, abgehalten. Man hat dabei Gelegenheit gehabt, diese Leute in Reinkultur zu sehen.

Der Nationalsozialist, kurz Nazi genannt, wird oft auch als braune Pest bezeichnet, also als eine Seuche, weshalb man die Nazi auch als Seucherln bezeichnen kann. Er gehört der weitverbreiteten Gruppe der Wirbeltiere an, wo es Nazi gibt, gibt es Wirbel. Der Nazi ist ein Allesfresser, denn er frißt und vertilgt alles mit dem Mund. Seine Lieblingsspeise sind aber in Sand gerollte Köpfe und Juden, die an allem schuld sind. Auch Marxisten verschmäht er nicht. Ihre Hauptbeschäftigung ist die Viehzucht (Spezialität weiße Mäuse), aber auch in der Landwirtschaft würden sie große Erfolge haben, besonders im Kartoffelbau, denn schon ein altes Sprichwort sagt: „Der dümmste Bauer hat die größten Erdäpfel.“ Mit dem Gestank, den die Geldgeschäfte ihrer Führer machen, haben sie eine ausgedehnte Stinkbombenfabrikation installiert. Sonst haben sie es in der Industrie nicht weit gebracht. Bloß in der Stiefelreparatur stehen sie konkurrenzlos da. Man bringt den zerrissenen Stiefel zu einem ihrer Führer, der redet dann einen Stiefel zusammen, so daß er wieder ganz neu ist. Sofern sie ihre freie Zeit nicht mit den erwähnten Beschäftigungen verbringen, wecken sie die Leute auf. Ihr Ruf: „Deutschland erwache“ hat insofern bereits einigen Erfolg gehabt, daß in den Arbeitern bereits das Klassenbewußtsein erwacht und sie sich gegen die Nazi wenden.

Die starke Hand

Sie werden so lange nach ihr rufen, bis sie da ist — aber anders als sie sich's vorgestellt haben.

Um auch Frauen in ihre Partei zu bekommen, haben sie sich ein ganzes Frauenfeld beigelegt.

Politisch sind sie ganz rechts, rechtser, am rechtesten; denn Nullen müssen sich immer ganz rechts halten, um überhaupt etwas zu gelten. Ohne eine Ziffer vorne gelten die Nullen nichts und das wissen sie und rufen auch so dringend nach einem Führer.

Zum Schutz ihrer leicht zerbrechlichen Köpfe (hohl!) tragen alle ein Brett vor dem Kopf befestigt das total vernagelt ist.

An verschiedenen Anzeichen merkt man bereits, daß die Seuche ihren Höhepunkt erreicht und im Verschwinden begriffen ist. Man kann daher hoffen, daß sie bald aus unseren Gegenden verschwunden sein wird. Dann wird man das letzte ausgestopfte Exemplar dieser Rasse im Panoptikum betrachten können.

Fremdenverkehr über alles

„Ich verstehe Ihre Aufregung nicht. Deutschland steht ja nur vor einer Staatskatastrophe. Bei uns aber stehen am Semmering die Zimmer leer!“

Ach ich Österreicher . . .

Gleich in der Früh geht alles schief.
Schon in der Straßenbahn
Faßt mich des Lebens Negativ
Und ganzer Jammer an.

Was bin ich denn im besten Fall?
Ein Dreck, ein Punkt, ein Wicht.
Der Schaffner läßt mir bloß die Wahl,
Ob Raucher oder nicht.

Der Wagen wackelt wie ein Bock,
Der nicht mehr springen kann.
Mein Nebenmann bohrt mit dem Stock
Mich an die Plattform an.

Knapp rette ich mich in mein Amt.
Umsonst stell' ich mich blind.
Gott will, daß wir hier allesamt
Gelernte Grüßer sind.

Der Torwart grüßt den Offizial,
Der Offizial den Rat.
Erst jener Höchste hat die Qual,
Der keinen Höhern hat.

Der grüßt in seinem Zimmer stumm
Des Allerhöchsten Bild.
Es lächelt wie ein Heiligtum
Aus seinem Vollbart mild.

Vergebens! Ich entrinne nicht.
So grüß ich für und für,
Was steht, im Geh'n, was stelzt und kriecht,
Die Wand, den Gang, die Tür.

Dann sitz' ich endlich qualverknorrt
An meiner Schreibtischgruft.
Gemeinschaftsküche und Abort
Bestimmen hier die Luft.

Die Luft, die allerorten weht
Bei uns in Österreich:
Wie die Verschlampung zäh und stet
Und wie die Hirne weich.

Gebannt in diesen Heimatdunst,
O Gott, ich atme kaum.
Fern von Europa, fern der Kunst,
So leb' ich wie im Traum.

In dieser bittern Seelennot
Neigt sich der müde Tag.
Mein Werk? Ich schlug zwei Fliegen tot
Mit einem halben Schlag.

Ich dachte einen kühnen Reim,
Den ich nicht ausgebar.
Was soll's damit bei uns daheim:
Ich bin kein Fußballstar.

Verstört und müde setz' ich mich
Im Wirtshaus abends an.
Der Wein, so denk' ich, krempelt dich
Aus dem verkehrten Wahn.

Doch auch der Wein ist heimatecht,
Und drum nur fauler Trost:
Die Hälfte ist vom Schwefeln schlecht,
Die Hälfte — Apfelmost.

Verzweifelt stürz' ich mich ins Bett.
O Stille, die entführt!
Ich träum', wie ich's gern anders hätt' —
Und bin schon arretiert.

Josef Weinheber

Anschauungsunterricht

Sohn: „Vater, erklär' mir das, was ist das, Koalition?"

Schweigend nahm der Vater seinen Sohn bei der Hand und führte ihn in die Küche; dort angelangt, zeigte er auf Hund und Katze, die aus einer Schüssel fraßen.

Vater: „Siehst, das ist Koalition!"

Mir san mir

Wir sind ein Volk von Anmut und Kultur!
Es heißt halt so.
Von Indolenz und Wirrwarr keine Spur.
Bei uns? Ah, wo!

Des Fortschritts Banner halten stramm wir hoch —
Wann Umgang ist.
Und Tradition? In uns, da lebt sie noch —
Hie Jud, hie Christ.

Es geht uns gut, wir sind konsolidiert —
Im Rausch zur Not.
Wir sind das freieste Volk, das existiert —
Im Schlaf, im Tod.

Es stockt vor lauter Fremden der Verkehr
Bei uns zu Haus.
Wir haben keinen Raum zum Atmen mehr —
Wir wandern aus.

Wir preisen uns und unsern sauren Wein.
Und wie!
Wann endlich werden wir denn mündig sein?
Nie!

Josef Weinheber

Zeitungskonfiskationen

4. August 1872

Von Ferdinand Kürnberger

Der Journalistentag in München hat die Resolution gefaßt:

Du sollst nicht konfiszieren!

Schon Moses sagte: Du sollst nichts stehlen; und dann sagte er noch einmal: Du sollst nicht begehren deines Nächsten Gut. Unter den zehn Geboten *zwei* für das Eigentum! So heilig war dem alten Gesetzgeber das Eigentum; aber das Moralgesetz Moses' ist auch unser christliches.

Wie kommt's nun dessenungeachtet, daß christliche Obrigkeiten christlicher Staaten — konfiszieren, das heißt Eingriffe in fremdes Eigentum machen und fremdes Eigentum verletzen?

Zum Besten des Publikums und als Vertrauensmänner des Publikums!

Zum Beispiel der Marktkommissär konfisziert eine giftige oder verdorbene Ware. Das tut er erstens zu meinem Besten, damit mir die giftige und verdorbene Ware nicht schädlich wird, und zweitens tut er's als mein Vertrauensmann, denn eigentlich sollte ich selbst so viel Warenkunde besitzen, aber ein Mensch kann nicht alles kennen, es war mir daher bequemer, gleichsam mit einer Art Arbeitsteilung einen Mann zu bestellen, der die Ware statt meiner kennt und dem ich das Vertrauen schenke, daß er seine Kenntnis nur mit Gewissenhaftigkeit anwenden wird.

Dieses Vertrauen war leicht zu schenken, denn der Vertrauensmann ist leicht zu kontrollieren. Die Ware ist ein materielles Ding, und die materielle Natur läßt sehr leicht *exakte* Beweise zu. Zumal was eine gesunde oder schädliche Eßware ist, lehrt die Chemie mit solcher Gewißheit und nach Gesetzen von so allgemein anzuerkennender Gültigkeit, daß das Recht zwischen dem Eßwarenverkäufer und dem Marktkommissär leicht und jederzeit findbar ist.

Der Journalistentag in München hat sich daher auch nicht

gegen die Konfiskation von Eßwaren ausgesprochen; er hat sich gegen die Konfiskation von *Zeitungen* ausgesprochen.

Hier liegen nämlich die Sachen ganz anders, ja entgegengesetzt. Ein Zeitungsartikel ist keine materielle Ware, sondern eine moralische und ideale. Was ist ein giftiger oder verdorbener Zeitungsartikel, dessen Genuß dem Leser schädlich werden könnte? *Kein Mensch auf der Welt kann es sagen!* Denn wenn er's sagte, so müßte er's gleichzeitig *beweisen* können; aber kein Mensch auf der Welt kann beweisen, was ein schädlicher Zeitungsartikel ist. Noch unmöglicher aber — wenn der Begriff eine Steigerung zuließe —, noch unmöglicher als die Erkenntnis der Schädlichkeit ist das Auffinden einer Vertrauensperson, welcher man diese unmögliche Erkenntnis zutrauen und die praktische Handhabung derselben anvertrauen möchte.

Lebhaft kann ich mir daher die Qual konstitutioneller Richter und Staatsanwälte vorstellen, welche durch ihren Amtseid verbunden sind, diesem rohbehauenen Fetischblock aus der Heidenzeit des Absolutismus gegen ihre gebildetere Logik und bessere Überzeugung noch immer Menschenopfer bringen zu müssen. Gott weiß auch, wann unserer verbesserten Strafprozeßordnung einst die konstitutionelle Revision und Textierung des Strafgesetzbuches selbst nachfolgen wird; denn Gesetze haben in aller Welt Ländern ein gar schwerfälliges und starrkrampfiges Dasein. Ist doch in England zum Beispiel das Recht des Mannes, sein Weib am Strick zu verkaufen, als *Gesetz* noch heute nicht abgeschafft. Dessen ungeachtet möchte ich es keinem Engländer raten, sein Weib am Strick zu verkaufen. Die öffentliche Meinung verhindert es.

Einen unschätzbaren Dienst hat daher der Münchner Journalistentag nicht den Zeitungen — das wäre Nebensache —, sondern in erster Linie den armen Richtern und Staatsanwälten selbst erwiesen, daß er durch seine Resolution — das Konfiszieren der Zeitungen ist unsittlich — eine öffentliche Meinung verbreitet, welche den richterlichen Behörden Lust macht, mit ihrer eigenen Sittlichkeit mutiger ans Tageslicht zu treten und mehr und mehr zu bekennen, wie sehr sie sich schämen, das barbarische Recht des § 300 auszuüben, nämlich morgens in die Häuser einzubrechen und Eigentum wegzunehmen — ein Recht, welches mit der Barbarei, die Ehefrau am Strick zu verkaufen, ungefähr auf gleicher Linie steht. Von ganzem Herzen gratuliere ich den armen Richtern und Staatsanwälten zu der Resolution des Münchner Journalistentages, als zu einer Gelegenheit, welche sie wieder um einen Schritt weiterbringt, sich in ihrem Amte, trotz ihres Amtseides, als gebildete Männer *ihrer* Zeit und nicht als Barbaren einer vergangenen Zeit aufführen zu dürfen.

Die 40-Stunden-Woche

Als ich am 1. Mai bei unserem Hausherrn, Herrn Pribiral, eintrat, um meinen Zins zu bezahlen, machte ich um einige Buckerln mehr als sonst; denn Herr Pribiral, im allgemeinen ein hakenkreuzfideler Patron, ist am 1. Mai gewöhnlich ungewöhnlich mißgestimmt.

Meine ersten Buckerln blieben unbeachtet: Herr Pribiral rechnete emsig. Der Schweiß stand ihm auf der Zornesader.

Endlich hatte er das Resultat. „Da ham S' es ja", schrie er mich an. „Die Sozialdemokraten wollen scho überhaupt nix mehr arbeiten! Ausgerechnet hab i's. Schwarz auf weiß hab i's. Alsdann bitte: Jetzta mit dera 40-Stunden-Woche! A schöner Schmäh! Aber i hab's ausgerechnet. Alsdann bitte: 52 Wochen im Jahr, das macht zu 40 Arbeitsstunden gradaus 2080 Arbeitsstunden dividiert durch 24, san 85 Arbeitstäge, 85 Arbeitstäge im Jahr, san 1½ Arbeitstäge in der Wochen. Alsdann bitte: 1½ Arbeitstäge in der Wochen wollen die Herrschaften jetzta arbeiten!"

„Blöder Hund, was d' bist!" ließ sich die sanfte aber schrille Stimme der Hausfrau aus dem Nebenzimmer vernehmen. „Wiaso 1½ Täge?! Hast d' den Sonntag grechnet? Und das am halben Samstag a nix garbeit' wird?"

„Mei Alte hat recht . . ." sinnierte Pribiral. Und fügte dann wütend hinzu: „No, hab is denn net glei gsagt, die Soziäudemokraten wolln überhaupt nix mehr arbeiten?!?!"

Um den Gürtel herum

„Der Hausherr hat g'sagt, weil ma sovül Hundsviecha im Haus ham, machts eam nix, wan ma Kinda ham!"

Österreich — vergreist
Ein Bericht aus dem Jahre 2031

Das vom Bundesamt für Statistik seit langem vorausgesehene und vorausberechnete Unglück war nun hereingebrochen: Österreich war vergreist.

Jeden Sonntagvormittag pilgerten die Wiener in die Schönbrunner Menagerie, die jetzt anderer Bestimmung diente: In einer Naturschutzanlage — ähnlich, wie man darin vordem die Eisbären hielt — spielten dort zwei Kinder. Zehntausende umlagerten das eingefriedete Stück Erde, auf dem sich das unerhörte Ereignis begab: spielende Kinder! Ahnungslos, aber doch auch irgendwie verwirrt von der starrenden Menschenmenge, hockten da ein Bub und ein Mädel, er flachsblond, sie braungelockt; warfen Kieselsteine in einen betonierten Wassertümpel und lutschten Kandiszuckerstangen. War eines müde, kniete es wohl nieder und blätterte in einem Bilderbuch. Dann tobten die Zuschauer vor Entzücken. Dutzende Menageriebeamte mußten wie die Haftelmacher aufpassen, daß das strenge Fütterungsverbot nicht übertreten werde.

Die vergreisten Wiener standen an solchen Sonntagvormittagen in langen Schlangen, bis sie zum Kinderkäfig kamen, so groß war der Zulauf. Die Direktion der Schönbrunner Menagerie hatte es wahrlich nicht zu bereuen, daß sie für die Anschaffung der zwei Kinder (man hatte sie aus Proßnitz bezogen) weder Mühe noch Kosten gescheut hatte; die drei Millionen amortisierten sich mit den Eintrittspreisen zweier Sommer. Und wen wundert diese Kinderneugierde des vergreisten Wiens? Ganz Österreich litt an seinem Schicksal, seit fünfzehn Jahren war in Wien kein Kind mehr geboren worden. Wenn ein fünfzehnjähriger Knabe auf der Gasse zu sehen war, blieben die Leute stehen und zeigten auf ihn mit staunend gerecktem Zeigefinger. Und gar die fünfzehnjährigen Mädchen! Die waren von den Gaffern so bedrängt, daß sie — wollten sie über die Kärntner Straße gehen — durchwegs unter Polizeiaufsicht standen. (Allerdings soll es, wie man hört, gerade auf der Kärntner Straße auch in früheren Zeiten solche Fälle gegeben haben.)

Alles hatte sich antagonistisch verändert. Zum Bundespräsidenten war nicht einer der ältesten, sondern einer der jüngsten Österreicher gewählt worden. Das Durchschnittsalter der Minister war 22. Das passive Wahlrecht war nach oben mit 24 Jahren begrenzt, wer älter war, hatte in der Politik bescheiden das Maul zu halten. (Wählen durfte man allerdings bis zum dreißigsten Lebensjahre). So suchte die staatliche Gesetzgebung mit allen Mitteln zur Produktion von Jugend anzureizen.

Wenn ein junger Mensch einen Straßenbahnwagen betrat, sprangen die Greise und Greisinnen auf; blieb einer etwa sitzen, obwohl ein Junger noch stand, dann erhoben sich zornige Rufe: „Unerhört! Ungezogener Lümmel!" In Gesellschaft hatten die Alten nur dann zu sprechen, wenn sie von einem Jüngeren gefragt wurden. In den Obersten Gerichtshof wurden nur die eben fertiggewordenen Juristen berufen. Jugendliche Naive im Burgtheater konnte man schon mit 40 Jahren werden. Beim Wimberger und Stalehner immer wieder dasselbe Bild: im Tanz drehten sich grauhaarige Paare, auf der Galerie saßen, als Ehrengäste, die Jungen, und sahen, nachsichtig lächelnd, dem ausgelassenen Treiben der Alten zu ...

Ein Millionenheer von Heb- und sonstigen Ammen, von Volksschullehrern und Frauenärzten, von Parkwächtern und Spielwarenhändlern füllte das Elendsviertel der Vorstädte. Und die herrschende Moral? Das Sittengesetz von 2031 war, unsittlich zu sein. Denn es hat sich herumgesprochen, daß man davon möglicherweise Kinder kriegen kann. Auf das Theater hatte die „generationelle Revolution" — dies eine Wortprägung Professor Spranns, des größten Soziologen jener Zeit —, einen merkwürdigen Einfluß genommen. Eine Oberste Zensurbehörde wachte strenge darüber, daß Stücke, die nicht hochgradig erotisierend wirkten, sofort vom Spielplan abgesetzt wurden.

Aber das alles nützte nichts, es kamen keine Kinder zur Welt, und Österreich vergreiste immer lachhafter.

Bis dann trotzdem die Rettung kam. Ein Mann tauchte auf, namens Zehntausend, der konnte Kinder in Schmelztiegeln herstellen. Sein Verfahren blieb geheim, es hatte jedenfalls irgendwie mit Schwingungen zu tun, und irgendein Katalysator war auch dabei. Zehntausende Geheimverfahren wurden von der Bundesregierung angekauft, und in riesigen Staatsfabriken begann die Serienproduktion. Das vergreiste Österreich verkindlichte sich wieder.

Kat

Die Schule des Volkes

„Raunz net, dumms Madel du! Schau d'r liaber in neuch'n Pompadourfilm an, daß d' endli amal lernst, wia mas zu was bringt!"

Theater

Nicht weniger als vier Gemeinden, und zwar Wulkaprodersdorf und Herrnbaumgarten (Österreich) sowie Luckenwalde und Posemuckel (Deutschland) haben für die kommende Sommersaison noch keinerlei Festspiele angekündigt.

Rundfunkreklame

Die Ravag beabsichtigt bekanntlich, *entgeltliche Geschäftsreklame* in ihr Sendeprogramm aufzunehmen. Natürlich können diese Reklamesendungen nicht etwa zu einer „Stunde der Reklame“ zusammengefaßt werden — wer würde dann da zuhören? —, sondern sie müssen sich *diskret* und *harmonisch* in das übrige Programm einfügen, um den p. t. Rundfunkhörer am Apparat festzuhalten und so die gewünschte Werbewirkung zu erzielen.

Vormittagskonzert: Es folgen nun Gesangsvorträge des Tenors F. M. Der *Knödel* im Halse des beliebten Sängers stammt aus der *Frühstücksstube* „Zur Zehnerjause“, wo *Gulasch* oder *Beuschel* mit *Knödel* für bloß 1 Schilling erhältlich sind. Kein Trinkzwang.

Zeitzeichen: Daß es jetzt genau *13 Uhr 2 Minuten* ist, brauchen Sie sich nicht von uns berichten zu lassen, wenn Sie eine der unbedingt verläßlichen, mit Schweizer Werk versehenen „*Elite*“-Uhren besäßen ...

Börsenbericht: Wir melden nun die *Kurse* der heutigen *Effektenbörse.* Vorher schalten wir eine Minute Pause ein, um Ihnen Gelegenheit zu geben, sich an einigen „*Roburol*“-Pastillen zu stärken, die das beste Mittel gegen *Depressionszustände* sind ...

Vortrag: Der junge Goethe. — Johann Wolfgang Goethe, anno 1749 in Frankfurt a. M. geboren, war wohl einer der berühmtesten Frankfurter aller Zeiten. *Noch berühmter* allerdings sind die *delikaten Frankfurter* der Wurstselcherei Därmel & Comp., täglich frische Ware.

Abendkonzert: Kärntner Volkslieder. Bei hartnäckiger *Schlaflosigkeit* empfehlen wir „Bromobromin“ ... *Salpeter*

Schallplattelndes Radio Wien

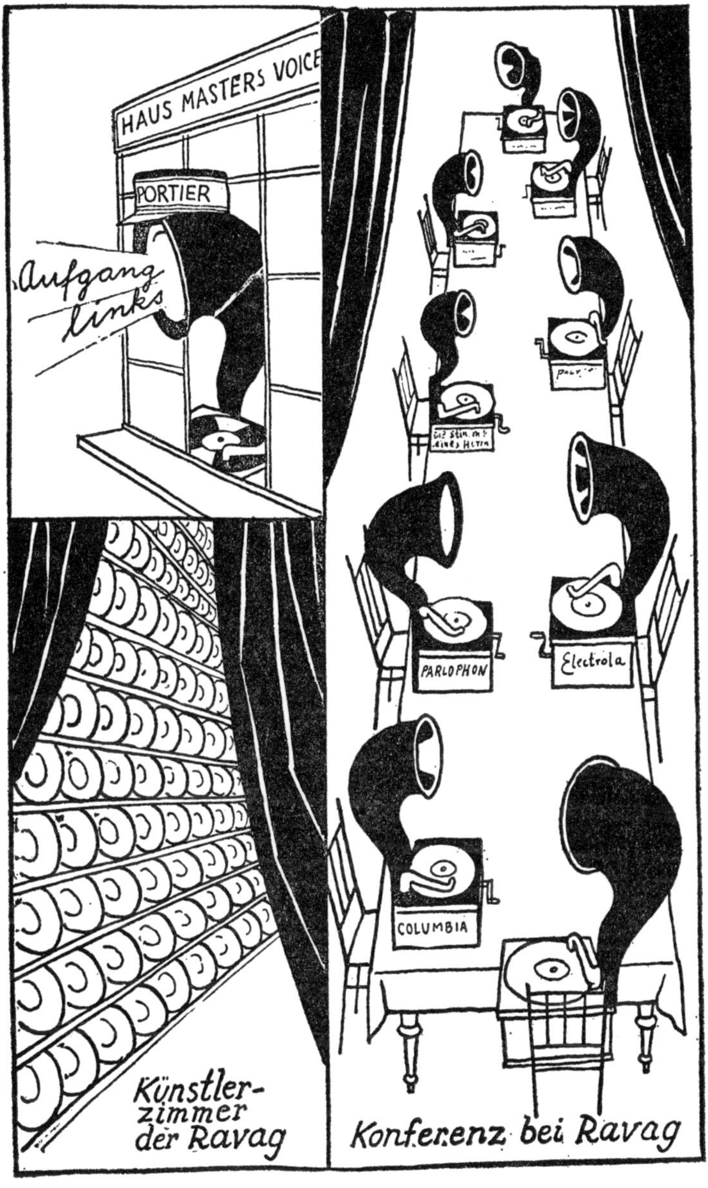

Berichtigung

Die Präsidialkanzlei des Unterrichtsministeriums sendet uns folgende Berichtigung zu:

„Es ist unwahr, daß der Herr Unterrichtsminister dem Leichenbegängnis des Dichters Arthur Schnitzler ferngeblieben ist, weil dieser Jude gewesen.

Wahr vielmehr ist, daß der Herr Minister stets mit Vergnügen an jüdischen Begräbnissen teilgenommen hat.“

Unterschrift unleserlich

Schule und Sport

Immer und überall hört man es, mißbilligend und tadelnd: Die Schule, speziell die Mittelschule, geht fremd am Leben vorbei. Wenn man da so zum Beispiel die mathematischen Beispiele für Obergymnasien durchsieht — lauter unmögliche, weltfremde und uninteressante Probleme, „Heraus mit einer zeitgemäßen Reform!“ ist die Parole aller Einsichtigen. Mir war schon längst klar, daß da etwas geschehen müßte. Und daher habe ich es unternommen, in einem neuen Lehrbuch die ohnehin nicht sonderlich beliebte Mathematik dem Verständnis und Interesse der studierenden Jugend dadurch näherzubringen, daß sämtliche Aufgabenthemen aus dem Sportleben gegriffen sind, weil das das einzige ist, wofür die p. t. Herren Gymnasiasten heute noch etwas übrighaben. Einige Beispiele mögen jetzt für sich selbst sprechen:

An einem Fußballwettkampf nehmen zwei Parteien mit je 11 Mann teil; das Resultat ist 3 : 2. Wie wäre das Resultat ausgefallen: a) wenn die eine Partei 13, die andere aber nur 7 Mann gehabt hätte? b) wenn 2 Schiedsrichter vorhanden gewesen wären?

Ein Leichtathlet springt anfänglich 4 cm hoch. Von da an springt er, infolge des Trainings, jeden Tag um 1 cm höher; wie hoch springt er nach 2 Monaten (beachte, daß sonntags kein Training ist!) und wie hoch nach 25 Jahren?

Der Körpersport und die Folgen

Der Körpersport und die Folgen

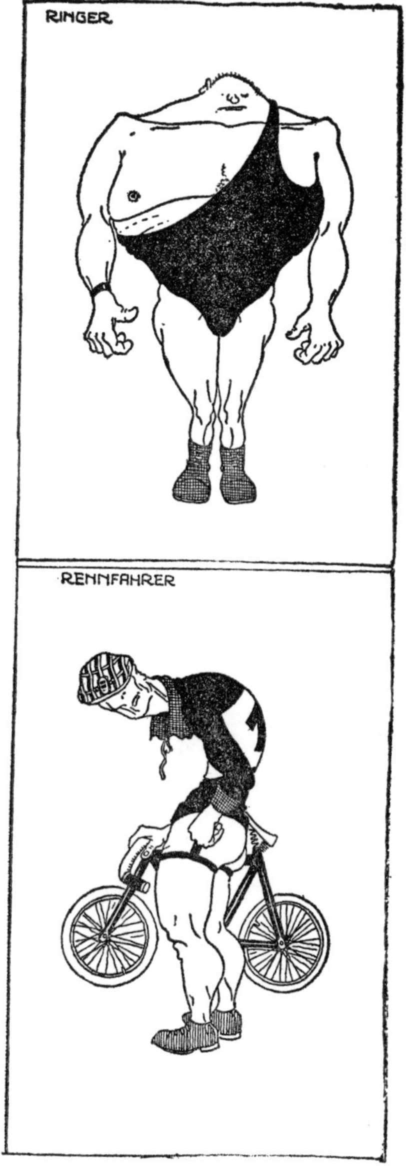

Bei einem Autorennen legt der siegreiche Wagen die Strecke in 1 Stunde, 41 Minuten, 26 Sekunden zurück. Der Fahrer wog 50 kg und führte 200 l Benzin mit. In welcher Zeit hätte er die Strecke zurückgelegt, wenn er 120 kg gewogen, dafür aber nur 1/2 l Benzin mitgeführt hätte?

Bei einem Boxkampf zählt der Schiedsrichter nach der ersten Runde bis „4", nach der zweiten bis „7", ehe der zu Boden Geschlagene sich erheben kann. Nach der fünften Runde ist er dann knock-out. Nach der wievielten Runde wäre er erst besiegt gewesen, wenn er beide Male sich schon bei „2" erhoben hätte?

Eine „Quer-durch-Wien"-Schwimmerin legt die Donaukanalstrecke von Nußdorf bis zur Rotundenbrücke in 50 Minuten, 41 Sekunden zurück. Wie lange würde sie zur Überquerung des Atlantischen Ozeans brauchen, wenn sie a) die Tempi nur mit den Beinen, b) nur mit den Händen, c) überhaupt keine Tempi machen würde?

Ein Tennisspieler fängt mit einem Rakett 60 Bälle in der Minute und schlägt sie zurück. Wieviel Bälle würde er mit vier Raketts auffangen? Wieviel in einem Jahr (nur in der warmen Jahreszeit)?

Ein Dampfer, dessen Maschine mit 10.000 PS arbeitet, braucht zu einer Weltreise 64 Tage, 16 Stunden, 20 Minuten, 13 Sekunden. Wie lange würde er zu dieser Reise brauchen, wenn er von einem Pferde gezogen würde, also nur 1 PS zur Verfügung hätte?

Das neue Lehrbuch, aus dem diese Beispiele stammen, habe ich vor vier Wochen dem Unterrichtsministerium zur Approbierung überreicht. Seit vier Wochen warte ich jetzt darauf. Wie lange werde ich daher auf die kleine silberne Verdienstmedaille warten?

Siegfried Tisch

Illustrierter Matchbericht

„London" gegen „Viktoria"

Zeichner Ohser hatte es sich in den Kopf gesetzt, Sportzeichner zu werden. Eine bekannte Sportzeitung gab ihm einen Sportbericht, den er probeweise illustrieren sollte. Als er die Zeichnungen anbrachte, schmiß ihn der Redakteur, der den Bericht geschrieben hatte, hinaus. Ohser ist noch heute überzeugt, daß man ihm, wo er doch so gut nachfühlend illustriert hatte, Unrecht getan hat.

Wir drucken den illustrierten Artikel hier ab.

Die Engländer spielten an und zeigten gleich den bekannten flachen Ball.

Den Rechtsaußen mit Bällen fütternd, kamen sie schnell vor das deutsche Tor.

Der Viktoria-Tormann mußte gleich in den ersten Minuten eine aus unmittelbarer Nähe abgeschossene Bombe durchgehen lassen.

Viktoria spielt an, und Schulze kommt im Kamelgalopp bis vor das feindliche Tor.

Sein Angriff scheitert im letzten Augenblick an dem vielbeinigen englischen rechten Verteidiger.

Immer wieder wirft der deutsche Mittelstürmer seine Mannschaft ergebnislos nach vorn.

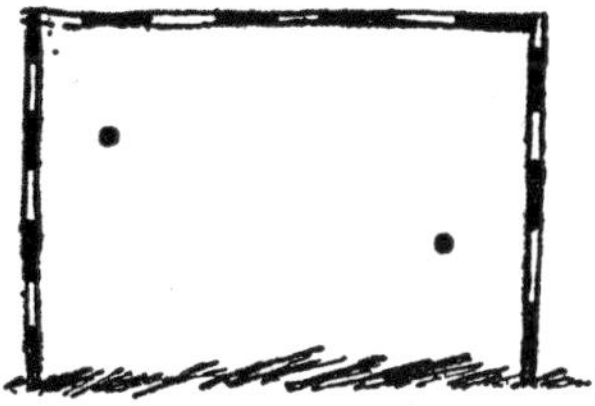

Zehn Minuten vor Halbzeit brachen die Engländer wieder durch, und wir müssen leider feststellen, daß unser Tormann und linker Verteidiger zwei sehr schwache Punkte sind.

Unangenehm fällt auch die unreine Abwehr des deutschen rechten Verteidigers auf.

Halbzeit 2 : 0 für England.

Nach der Halbzeit drehen die Engländer mächtig auf. Der englische Halblinke läuft zu ganz großer Form auf.

In rasendem Tempo wird Viktoria in Grund und Boden gespielt.

Italien verlangt Genugtuung

Die Folgen eines Fußballsieges

Im Auftrag Mussolinis überreichte gestern der italienische Fußballverband dem Völkerbund eine Anzeige gegen die Republik Österreich. Italien verlangt vollste Genugtuung für die Zwischenfälle, die sich auf der Hohen Warte am 7. April abgespielt haben. Unseren Informationen nach fordert Italien:

1. Die Annullierung des Wettspieles.
2. Der Sieg ist für Italien zu verifizieren.
3. Die Torschützen Horvath und Weselik sind Italien auszuliefern.
4. Der österreichische Tormann Franzl muß die Strecke Wien—Canossa zu Fuß zurücklegen.
5. Auf sämtlichen österreichischen Sportplätzen soll bis Jahreswende die italienische Fahne gehißt werden.
6. Hugo Meisl wird zur Demission aufgefordert und muß strafweise die Stelle eines italienischen Verbandskapitäns übernehmen.
7. Die Bevölkerung Wiens soll als Strafaufgabe die Faschistenhymne dreihundertfünfundsechzigmal — also täglich — anhören.
8. Die Stürmer der österreichischen Nationalmannschaft müssen vor jedem Länderkampf Österreichs in einem Einladungskampf gegen Caligaris und Janni antreten.
9. Die Einnahme des nunmehr 3 : 0 zugunsten Italiens verifizierten Länderkampfes ist auf Grund des 725/1929 Paragraphs des Faustrechtes als Bußefonds unter den „Azzurris“ aufzuteilen.
10. Um das Prestige Italiens in der Fußballwelt wiederherzustellen, muß sich die Nationalmannschaft Österreichs verpflichten, gegen besonders starke Gegner Italiens als das Team der „Azzurri“ anzutreten und zu — siegen.

Becsko

CHARLIE CHAPLIN
3x HOCHZEIT
von ANNE NICHOLS
MUSSOLINI
SCHWEIGER DRAMA VON F. Werfel
TROTZKI
Wohin rollst Du, Äpfelchen...
Roman von Leo Perutz
EXKAISER WILHELM
DOORNRÖSCHEN
EIN KINDERMÄRCHEN

So lädt Wien zu den Festwochen ein!

Theater

Die Verhandlungen zwischen Werner Krauss und dem Burgtheater bezüglich eines mehrjährigen Urlaubes stehen vor dem Abschluß.

*

Die Beziehungen Hans Mosers zu den Wiener Theatern sollen sich zu einem regelrechten Pendelverkehr entwickeln.

*

Carl Zuckmayer arbeitet derzeit an einer Fortsetzung seines Zirkusdramas „Katharina Knie", die der Autor voraussichtlich „Katharina Oberschenkel" benennen dürfte.

VI

GÖTZ VON BERLICHINGEN 1932—1934

Goethejahr

Schon jetzt ist man allerorts bemüht, das Programm für das Goethe-Jahr 1932 (100. Todestag am 23. März) zu fixieren.

Die Mono-Ton-Film-AG. in Hollywood produziert einen 100prozentigen „Ge-Sprechfilm mit Eckermann“, dessen Höhepunkt Goethes Sterbeszene bilden soll, in welcher Goethes letzte Worte „Mehr Licht!“ zu dem weniger problematischen Ausruf „Mehr Lichtspieltheater!“ ergänzt werden.

Österreich wird nicht nachstehen; denn wenn Amerika das Land der unbegrenzten Möglichkeiten ist, so ist Österreich das Land der unmöglichen Begrenztheiten, und so plant man in Österreich, zur Erinnerung an des großen Dichters Beziehungen zu einer Frau von Stein, die schönste Frau von Stein bei Krems an der Donau zur „Miß Goethe-Jahr“ zu wählen.

Oberst Wolff wollte von den Mitgliedern seiner Partei in einer Dilettantenvorstellung „Egmont“ spielen lassen. Da aber das „Egmont“-Personenverzeichnis die Anzahl seiner Parteimitglieder weit übersteigt, hat man sich auf die „Klabriaspartie“ (ins Deutsche übertragen von Hermann Bahr) geeinigt.

Die Münchner Volkssängergesellschaft „Dachauer“ denkt an eine Festaufführung des vom bayrischen Mundartdichter Weiß Ferdl verfaßten II. Teils (!) des „Götz von Berlichingen“ unter dem lokalkolorierten Titel „Sö mi ah a paar Mal!“

Wie uns aus eingeweihten Kreisen bekanntgegeben wird, steigen die Goethe-Autogramme in letzter Zeit kolossal im Werte, so daß man im Tauschwege für zwei Goethe-Autogramme schon ein echtes Charlie-Chaplin-Autogramm erhält!

Preisfrage
zur Goethe-Feier

Vier Worte sag ich euch inhaltsschwer:

Das Erste ist des Schiffes Feind;
Im Zweiten bist du selbst gemeint;
Das Dritte ist Präposition;
Das Vierte sitzt auf Königs Thron;
Das Ganze ward schon oft begehrt,
Doch selten ward es noch gewährt.

(Das Götz-Zitat)

Goethe als Prophet

Der Beginn des Goethe-Jahres veranlaßt den „Götz", der ja selbst gewissermaßen eine geistige Schöpfung des verewigten Dichtermeisters ist, zu der interessanten Feststellung, daß Goethe auch als Hellseher und Prophet Bedeutendes geleistet hat, was folgende Zitat-Proben beweisen mögen:

„Der Vater bist du aller Hindernisse."
(Faust über Dr. Seipel.)

„Gewöhnlich glaubt der Mensch, wenn er nur Worte hört, es müsse sich dabei doch auch was denken lassen."
(Mephisto über die Starhemberg-Reden.)

„Man fühlt die Absicht und man wird verstimmt."
(Tasso über die klinische Besetzungspraxis.)

„Es erben sich Gesetz und Rechte
Wie eine ew'ge Krankheit fort."
(Mephisto über das österreichische Eherecht.)

„In dieser Armut welche Fülle!"
(Faust über den ministeriellen Hofratsüberfluß.)

„Nun soll es an ein Schädelspalten."
(Valentin über die Heimwehrversammlungen.)

„Ich habe schon so viel für dich getan,
Daß mir zu tun fast nichts mehr übrig bleibt."
(Margarethe über das Notopfer für die Landwirtschaft.)

„Ein großer Aufwand, schmählich! ist vertan."
(Mephisto über die Credit-Anstalt-Sanierung.)

„. . . ich finde nicht die Spur von einem Geist und alles ist Dressur."
(Faust über die Hitler-Bewegung.)

„Man spricht vergebens viel, um zu versagen,
Der andre hört von allem nur das Nein."
(Thoas über die Völkerbund-Credithilfe.)

Abnormitätenschau „Austria"

Hereinspaziert, meine Herrschaften! Hereingewimmelt, hereingesatzt! Wir zeigen Ihnen hier Abnormitäten, Wunder der Natur, daß Ihnen schwarz, braun, weiß-grün, blau, blutrot und schwarzgelb vor den Augen wird!

In der ersten Abteilung sehen Sie: *Christlichsozialoisia,* das Mädchen mit dem Elefantenpopo! Das Nie-da-Gewesenste, das Groteskeskeskeste, was Sie je gesehen haben! Ein schmächtiges Untergestell, ein schwindsüchtiger Oberkörper, aber dazwischen ein Monstrum von vier Buchstaben — was sage ich Buchstaben! — ein komplettes dreißigbändiges Konversationslexikon! Dieser Mammuthintern braucht zum Sitzen nicht weniger als ein halbes Dutzend Ministerstühle! 1000 Credit-Anstalts-Aktien demjenigen, dem es gelingt, sie von dieser Sitzgelegenheit wegzuziehen!

In der zweiten Abteilung zeigen wir ihnen ein prachtvolles Exemplar des *Homo Hitleriensis,* einer in den Dschungeln der deutschen Geisteswildnis häufig vorkommenden Mordbestie, die eigentlich nichts anderes ist als ein Riesenmaul, um das ein Körper herumgewachsen ist. So ungeheuer ist die Größe dieses Rachens, so furchtbar die Blutgier dieses Wesens, daß es täglich zum Frühstück, zum Mittag- und zum Abendessen je einen ausgewachsenen Juden mit Haut und Haaren auffrißt. Beeilen Sie sich, dieses Ungeheuer zu besichtigen, denn es ist nicht ausgeschlossen, daß es in seiner Gier plötzlich das Maul umstülpt und sich selber verschlingt!

In der dritten Abteilung führen wir Ihnen vor: *Ernestus Rüdiger,* den Mann mit dem doppelten Gesicht! Das vordere Antlitz seines Januskopfes ist das genaue Gegenteil des rückwärtigen, entsprechend dem Wesen — oder vielmehr Unwesen — seines Trägers; denn Ernestus ist einerseits gänzlich unausgeglichen, anderseits „ausgeglichen“ mit 50 Prozent; einerseits ein Mensch von lebhafter Aktivität, anderseits schwer passiv; einerseits ein tüchtiger Ruderer, anderseits geht ihm das Wasser bis zum Hals; einerseits endlich ist er ein Verfechter des antisemitischen Kurses, anderseits ein Kohn-Kursler.

In der vierten Abteilung wird Ihnen vorgestellt: *Wotanva,* der Letzte vom Stamme der Siochs-Germanen! Wotanva, der Mann, hinter dem niemand steht! Einfach phänomenal! Sie können sich, meine Herrschaften, alle, wie Sie hier sind, hinter ihn stellen und trotzdem wird niemand hinter ihm stehen! Niemand, nichts ist ihm treu geblieben, nur die Ochsenhörner, die er als Kopfschmuck trägt, denn sie sind — angewachsen!

In der fünften Abteilung haben Sie Gelegenheit zu bestaunen: *Bolsche Vikerl* aus Wien, den Kollektivmenschen! Das Unfaßlichste, das Unglaublichste, das Unbegreiflichste! 42.000 Arme, 42.000 Beine hat nämlich Vikerl, aber nur einen Kopf, und der ist infantil! Infantil ist Bolsche Vikerl auch insofern, als er noch die Nabelschnur trägt — und was für eine Nabelschnur! Weit über 1000 Kilometer ist sie lang und reicht von Wien bis Moskau, von wo Vikerl seine Nahrung bezieht.

In der letzten Abteilung endlich sehen Sie mit freiem Auge überhaupt nix, gar nix, nixissimo! Aber unter der Lupe, in 200facher Vergrößerung, wird Ihrem staunenden Auge sichtbar: *Ottonia,* genannt die „Kaisertreue“, die garantiert allerkleinste Frau der Welt! Sie gewahren nichts als ein winziges schwarz-gelbes Knöchelchen, eine Art Reliquie, die aber — sehet und vergehet — lebt! lebt!! lebt!!! Bei den letzten Wahlen hat man Ottonia in einen Wahlzettel eingewickelt gefunden. Die Kommission hielt sie zuerst für das I-Tüpfelchen auf dem Wort „Partei“.

Kassa! Kassa!!! 20 Groschen zahlen Sie für alle diese Abnormitäten — mehr sind sie eh nicht wert . . .!

Pan

Musikstadt Wien

Die eine Hälfte der Wiener musiziert und die andere Hälfte wirft das Geld zum Fenster hinaus.

Arbeitsbeschaffungsprogramm Nr. 1333

1. Damit alle Arbeitslosen zuverlässig beschäftigt werden können, wird die 40-Minuten-Woche eingeführt.

2. Die österreichische Rue de cac wird zu einer Chaussee de cac ausgebaut.

3. Alle Wege, die nach Rom führen, werden ausgiebig geölt.

4. Die pontinischen Sümpfe des Augartens und Praters werden mit guten Vorsätzen gepflastert.

5. Der bereits projektierte Umbau der Reichsbrücke wird sofort in Angriff genommen, wenn auch vorläufig wegen Geldmangels nur die Errichtung einer In-der-Luft-Hängebrücke in Betracht kommt.

6. An die bodenarmen Kleinbauern wird der große Grund verteilt, den die Regierung hat, den Großgrundbesitz nicht zu verteilen.

7. Die geistigen Waffen des Antimarxismus werden in Generalreparatur gegeben, wodurch die heimische Blechindustrie einen ungeahnten Aufschwung nehmen wird.

8. Um den Galanteriewarenerzeugern ein neues, großes Absatzgebiet zu erschließen, werden an alle verläßlichen Nicht-Republikaner Ehrenzeichen für Verdienste um die Republik verliehen.

9. Die Autotaxi- und Fuhrwerksunternehmer bekommen die Aufgabe, den Staatskarren aus dem Dreck zu ziehen, was im wahrsten Sinne des Wortes so viel wie eine „herausreißende" Dauerbeschäftigung bedeutet.

10. Den fleischverarbeitenden Betrieben soll dadurch geholfen werden, daß ihnen der gigantische alte Amtsschimmel zur Verbundeswurstung überlassen wird, während sich die notleidenden Zirkusartisten mit der Dressur der Amtsschimmelfohlen ihr auskömmliches Brot verdienen können.

11. Die Kaffeesieder erhalten die Erlaubnis, gegen ein entsprechendes Entgelt aus dem Kaffeesud ihren Gästen die Zukunft vorherzusagen.

12. Den Schuhmachern werden die vielen Stiefel, die die Regierung Dollfuß schon gemacht hat, zum Doppeln übergeben.

Pan

Der Watschenmann

Der Kerl hat eine verflixte Ähnlichkeit mit uns Österreichern. Er läßt sich nach allen Regeln der Watschenkunst abtetschen, nur macht er wenigstens „Muh!", wenn er eine Kraftohrfeige bekommt, was der Österreicher merkwürdigerweise nicht tut.

Wir führen ein Schikanenregiment?
Und leiden an latentem Rachedurst?
Wir blasen doch nur das, was uns nicht brennt —
Denn, brennt es erst, ist eh schon alles Wurst.

Josef Weinheber

Die Nobelpreisträger 1933

Nach reiflicher Überlegung hat der „Götz von Berlichingen" folgende Vorschläge für die Verteilung der Nobelpreise vorgelegt:

Adolf Hitler
Für Literatur

Adolf Hitler
Für Chemie

Adolf Hitler
Für Frieden

Adolf Hitler
Für Physik

Adolf Hitler
Für Medizin

Vertrag über Südtirol

Um den fortwährenden Angriffen der Linkspresse über die Haltung der Nationalsozialisten zur Südtiroler Frage zu begegnen, veröffentlicht der „Völkische Besen“ in einer Sonderausgabe ein Abkommen zwischen Hitler und Mussolini, das die Erfolge der NSDAP für die deutschen Belange jenseits des Brenners aufzeigen soll. — Wir geben einige wichtige Punkte des Vertrages auszugsweise wieder:

Mussolini erkennt prinzipiell das Deutschtum in Südtirol an, stellt aber die Bedingung, daß hierüber nicht mehr gesprochen wird. Die deutsche Sprache darf nur in ihrer Übersetzung ins Italienische verwendet werden. Die Grabinschriften sollen gleichfalls italienisch sein, damit die Italiener sie lesen und ihre Ehrfurcht vor den deutschen Toten bezeigen können. Die deutsche Muttersprache wird sinngemäß nur von den Müttern gesprochen, während die Kinder italienische Schulen besuchen.

Mussolini gibt die ausdrückliche Erklärung, daß er auf die Einführung der italienischen Sprache im deutschen Reich verzichtet. Hitler wieder hat es durchgesetzt, daß die nationalsozialistische Partei für ganz Südtirol zugelassen und — da ja weiters keine Differenzen bestehen — in die faschistische Partei eingegliedert wird.

Penklub

Noch immer bildet das Verhalten der österreichischen Delegation des Penklubs, die sich in Ragusa so ausgiebig ausgeschwiegen hat, den Gegenstand lebhafter Erörterungen im Café Herrenhof, dem Literatenkaffeehaus Wiens.

„Die Leute konnten nicht anders!“ meinte vermittelnd der Schriftsteller X. „Immerhin ... man muß bedenken ... der Pen-Klub ist kein Radauklub!“

„Nein, das ist der nicht!“ schreit temperamentvoll der Dichter Y.

„Aber schließlich und endlich ist der Pen-Klub auch nicht bloß ein Halt-die-Pappen-Klub!“

Der Beamte

Wenn ich im Amt aus meinem Fenster sehe,
dehnt gegenüber sich in Greifensnähe
die graue Mauer mit den Fensterreih'n.
Aus jedem Fenster schauen wie Gespenster
Beamte wieder her nach meinem Fenster —
Und das macht jede andre Trauer klein.

Josef Weinheber

Gesicht

Es muß was Wunderbares sein
Ums Dasein, gleichgeschaltet!
Man sperrt die letzten Freien ein,
Getarnter Knechtsinn waltet.

Die Kerker stehen prall gefüllt,
Das Heim wird zur Kaserne,
Und wer nicht stramm Heil Hitler brüllt,
Schau zu, daß er's erlerne.

Doch wenn ich nach dem Ende schau
Der ungeheuren Öde,
Wird es vor meinen Augen grau
Und mir verschlägt's die Rede.

Ich seh' durch blutigen Morast
Die letzten Deutschen taumeln,
Ich seh' auf manchem dürren Ast
Die letzten „Führer" baumeln.

Ich seh' um fahles Morgenrot
Vergaste Geister schweben
Und weiß: Nur Teutschlands Martertod
Weckt Deutschland einst zum Leben.

Das Jahr 1934

Prophezeiungen für das Dritte Reich

Das Alte Testament wird für ungültig erklärt.

Das Dritte Reich wird einem längst gefühlten Bedürfnis abhelfen und einen Arischen Großmuttertag einführen.

Die deutschen Brauereien werden ein besonders konzentriertes Bier brauen und unter dem Namen „Konzentrationslager" auf den Markt bringen.

Über das Verbleiben der Königin Nefretete im Museum wird eine hochnotpeinliche Kommission entscheiden. Diese wird zu prüfen haben, ob die Gerüchte, daß die Großmutter der Königin Nefretete mütterlicherseits eine geborene Geiringer aus Prerau gewesen sei, stichhältig sind.

Der erste Montag eines jeden Monats wird in Deutschland als allgemeiner Theaterruhetag erklärt werden, an dem kein Stück von Hans Johst aufgeführt werden darf.

Im Frühling 1934 wird für ganz Deutschland das grüne Laub abgeschafft und durch braunes Laub vom Vorjahre ersetzt.

Schnidi

Dritte Reichs-Modenschau

Die teutsche Frau benützt zum Färben ihrer Lippen nicht mehr den Lippenstift, sondern den heimischen Ziegelstein.

Der undeutsche Pelzmantel verschwindet, um dem Bärenfell der Urväter Platz zu machen.

Hitler-Schnurrbart mit germanischem Haarschopf!

Fraktur- und Antiquabuchstaben weichen der Runenschrift.

Statt Bier wird nur mehr Met getrunken!

Hinweg mit dem Gummiknüppel! Jedem Schupo seine urgermanische Keule!

S. A.-Mann in Teutoburger schimmernder Wehr!

Melonenhut kombiniert mit altgermanischem Sturzhelm, die neueste Herrenmode.

„Miß Germania" trägt statt des jüdischen Bubikopfes nur mehr Zöpfe . . .

In jedem G'wandl dasselbe Mandl

Egaert

„Also wenn diese Uniform auch nichts hilft, werde ich mich doch noch zivilisieren müssen!"

Die Kommunisten erschlagen,
Die Sozialisten verbieten,
Das Zentrum untersagen,
Zwei Drittel der Deutschen ausmieten —
Und, hipphipphipp hurra!
Das Drittel-Reich ist da!

Stimmen über den Erdölfund

Der aufsehenerregende Petroleumfund in Zistersdorf hat uns veranlaßt, einige Persönlichkeiten des öffentlichen Lebens um ihre Meinung zu befragen. Hier die Antworten:

Bundeskanzler Dollfuß:

„Der erste geglückte Pumpversuch meiner Regierung!“

Rektor Abel:

„Auf der Universität herrschen schon seit Jahr und Tag ölendige Zustände. Außerdem hat die völkische Studentenschaft für jede Verbohrtheit lebhaftes Interesse . . .“

Staatssekretär Fey:

„Der Erdölstrom wird sich selbstverständlich nur in geordneten Bahnen bewegen dürfen! Falls die vorgeschriebene Route nicht eingehalten werden sollte, wird die Staatsgewalt wie ein geölter Blitz zur Stelle sein!“

Gauleiter Frauenfeld:

„Es erfüllt mich mit besonderer Freude, daß es dem bodenständigen Erdöl gelungen ist, zum Durchbruch zu kommen. Ich hoffe, daß es ihm gelingen wird, das galizianische Naphtha, diesen ostjüdischen Eindringling, zu verdrängen. Erdöl, erwache! Naphtha, verrecke!“

Hans Moser:

„Jetzt bin ich neugierig, ob man auch Essig finden wird!“

Warum die Nazis gegen Richard Tauber demonstrierten

1. Weil er die Erklärung unterlassen hat, daß mit dem „Land des Lächelns“ nicht das Dritte Reich gemeint sei.
2. Weil es sich herausgestellt hat, daß sich das Lied „Dein ist mein ganzes Herz“ nicht auf Hitler bezieht.
3. Weil er zum Abschluß seiner Darbietungen nie das „Horst-Wessel-Lied“ singt.

Ein Rabbiner bei Hitler

In einem toleranten Augenblick faßt Hitler den Entschluß, für eine seiner Versammlungen das usuelle Judenverbot aufzuheben und einen Vertreter der Judenschaft offiziell einzuladen, seinen Ausführungen beizuwohnen.

Richtig sitzt bei der nächsten Versammlung ein würdiger Rabbiner mit wallend weißem Bart in der ersten Reihe. Hitler spricht. Eine Stunde lang erzählt er seinen Mannen von der Verderbtheit der Juden und von ihrem nahenden Untergang. Der Rabbiner hört nachdenklich zu und streicht sich einige Male seinen Bart.

Nach Schluß seiner Rede geht Hitler auf den Rabbiner zu und erkundigt sich, wie es ihm gefallen habe. Da antwortet ihm der Rabbiner: „Ganz gut." — „Dann gestatten Sie noch eine Frage: Warum haben Sie sich dann immer den Bart gestrichen?" — „Wissen Sie, ich habe mir so überlegt, wir Juden werden schon seit 5000 Jahren verfolgt. Nicht alle Verfolgungen sind in der Geschichte bekannt geworden. Man weiß nur von einigen. Zum Beispiel haben uns die Pharaonen im Roten Meer ertränken wollen. Was ist geschehen? Die Juden sind trockenen Fußes durchgegangen und die Pharaonen sind selbst ertrunken. Zur Erinnerung daran essen wir Mazzesknödel. Oder nehmen wir den Haman; der hat alle Juden ausrotten wollen. Was ist geschehen? Er ist selber umgekommen. Zur Erinnerung daran essen wir Purimknödel. Und wie Sie so geredet haben, habe ich mir den Bart gestrichen und gedacht: Was für Knödel werden wir nach Ihnen essen?"

Gedächtnisschwund

Gespräch zweier uralter Generale.

„Weißt, es ist nicht zum glauben. Aber mein Gedächtnis laßt in der letzten Zeit katastrophal nach."

„Was d' net sagst. Bei mir hab' ich so was Gott sei Dank net konstatiert. Mei Gedächtnis is tulli."

„Weißt, du wirst es nicht glauben, aber zum Beispiel, ich könnt' dir jetzt nicht sagen, wie die zwei berühmten deutschen Heerführer im Weltkrieg g'heißen ham."

„Na, so was — das is wirklich komisch. Also, wart', ich wer dir sagen, wie die zwei Herren heißen. Also, wart' — na, jetzt hab' ich's ja g'rad g'wußt. Ja, richtig, ich weiß schon — Hütteldorf und Lundenburg heißen's!"

Deutsche Sprichwörter — verteutscht!

Im *Rassenamt:*

Man sieht vor lauter Stammbäumen den Urwald der eigenen Dummheit nicht.

In der *Politik:*

Wo viel Gelichter, ist viel Schatten.

In der *Protektionswirtschaft:*

Das braune Hemd ist mir näher als die blaue Arbeiterbluse.

Byzantinismus:

Was ein Hakenkreuzler werden will, krümmt sich beizeiten vor den Führern.

Hitlers *„Mein Kampf":*

Profitia in Patria.

Die *Kapitalsflucht:*

Was du heute kannst besorgen, das verschiebe nicht erst morgen.

Der *Untertan:*

Schweigen ist Freiheit, Reden ist Konzentrationslager.

Die Ankogel-Bergspitze im Lichte der Presse

Bekanntlich stürzte der Gipfel des Ankogels bei Mallnitz in Kärnten vor kurzem infolge Gesteinsverwitterung zusammen, ohne jedoch irgendwelchen Schaden anzurichten.

„Reichspost":

... auch diese Katastrophe hätte vielleicht durch ein Kabinett der starken Hand vermieden werden können. Nicht nur die Bevölkerung Kärntens schreit nach Seipel ...

„Neues Wiener Journal":

Nur diese Republik konnte ein derartiges Schauspiel erleben ... Nie hätte unter der glorreichen Regierung der erlauchten Habsburger selbst ein unbeseelter Steinklotz es gewagt ...

„Wiener Neueste Nachrichten":

Im September vorigen Jahres sollen Dr. Deutsch und der rote General Körner auf einer angeblichen Urlaubsreise den Ankogel durch ein Binokel betrachtet haben ... naheliegend, daß dies ein sozialistischer Sprengversuch ist ... eine Menetekel, das die heimattreue Bevölkerung in letzter Minute ...

„Arbeiter-Zeitung":

... liegt klar auf der Hand, daß dort ein Munitionsdepot der Heimwehren versteckt war, das durch bodenlosen Leichtsinn unter den Augen der Behörden ...

„Deutsch-Österreichische Tageszeitung":

Schlamperei oder Verbrechen? Es bleibt dem Dritten Reiche vorbehalten, derartige Gewalttaten im Keime zu erdrosseln ... Judas Hände von den stolzen Alpenhöhen fernzuhalten ...

„Der Götz von Berlichingen" erhielt folgende Berichtigung: Der Gefertigte erlaubt sich allen teilnehmenden Freunden und Bewunderern mitzuteilen, daß er mit dem Berg in Kärnten, dem vor kurzem ein Zipfel in Verlust geraten ist, weder verwandt, noch identisch und daher vollkommen komplett ist! Mit vorzüglicher Hochachtung — Armin Berg, Komiker. *Cross*

Weltpolitischer Schisport

Die weiße Kunst dringt unaufhaltsam vor. Nun hat sie sich auch der hohen Politik bemächtigt.

In Amerika hat Roosevelt den Dollar durch inflationistisches *Gleit*wachs ins *Rutschen* und damit zum Fallen gebracht.

Japan pflegt in der Mandschurei die *Schuß*fahrt im *Pulverschnee*. Die Schispitzen sind deutlich gegen den Sowjetstaat gerichtet.

Auf der Übungswiese des Dritten Reiches kann man jetzt einige neue Schwünge beobachten: den *Überschwung*, der besonders bei der S. A. und der S. S. beliebt ist.

Im Osten Europas suchen die Staaten *Bindungen*, um den verheerenden Einfluß der rollenden Tele-Mark zu begegnen.

Immer wieder taucht im weltpolitischen Schisport die Frage auf: Wann werden die deutschen Machthaber endlich *abfahren*?

Die letzten Wintersportler kommen

„Schani — trag' den Schnee außi!"

Reichspropaganda

Reichspropagandaleiter Goebbels hat zum Zwecke der Fremdenverkehrswerbung Plakate herstellen lassen. Der Reklametext lautet:

*

Jeder Fremde kann sich von der Ruhe, die in Deutschland herrscht, persönlich in den Hotels überzeugen: es sind überall Zimmer leer!

*

Für die Sicherheit sorgt nicht nur die Polizei, sondern auch die S. A.!

*

Besondere Attraktion: Täglich Besichtigungen der Konzentrationslager!

*

Versäumen Sie nicht, das Dritte Reich kennenzulernen, *noch* haben Sie Gelegenheit dazu!

Berliner Theaterkritik

Ritter

„Wa woll'n jehorsamst anfragen, Herr Propagandaminister, ob uns det neue Thiatastück, wo heute die Premiere is, jefallen soll oda lieba nich."

Abrüstungskonferenz

Egaert

Im Schatten „Ihrer Majestät" der Kanone

Europopeia

(Nach bekannter Weise)

Schlaf', Europa, schlaf'!
Genf schützt dich, gutes Schaf!
Laut Absatz X, Punkt Y,
Darf dich der Braunwolf nicht bedroh'n.
Schlaf', Europa, schlaf'!

Lesebuchgeschichte aus dem Jahre 1983

Vor vielen Jahren wohnte in einem prächtigen Palast am Ufer eines tiefblauen Sees ein Völkerbund. Jedes Land der damals bekannten Erde schickte seine Besten und Edelsten in diesen großen Rat, der einzig und allein dem Wohle der Menschen diente. In aufopferungsvoller Arbeit sicherten sie den Frieden aller Erdenbürger. Da war keiner, der sich von schnödem Eigennutz treiben ließ, keiner, der nicht sein höchstes Ziel im Schutz der Schwachen gesehen hätte.

Da geschah es eines Tages, daß ein goldbetreßter Telegraphenbote atemlos in den Beratungssaal stürzte und dem Vorsitzenden eine entsetzliche Nachricht überbrachte: Im Fernen Osten sei ein Krieg ausgebrochen; übermütige Feldherren eines Staates hätten ihre Macht dazu mißbraucht, einen Eroberungszug in das Nachbarland zu unternehmen. Mit Brand und Mord wüteten sie unter der Bevölkerung.

Die Versammlung war starr. Der greise Vorsitzende brach in Tränen aus ob dieser Schmach, die Abgesandten der Länder streuten Asche auf ihr Haupt und legten Trauergewänder an. Dann versammelten sie sich wieder und gaben ihrer Empörung über die Verletzung der heiligen Grundsätze des Völkerrechtes in flammenden Worten Ausdruck. Einstimmig wurde ein großes Manifest an alle Völker der Erde beschlossen, in dem die Regierungen aufgefordert wurden, ihre ganze Kraft in den Dienst der gerechten Sache zu stellen.

Am nächsten Tag war die ganze Welt in Aufruhr. In Massenversammlungen sprachen die Wehrminister über das ungeheure Verbrechen und verlangten vom Volke die Zustimmung zur Entsendung von Truppen, die dem bedrängten Land Hilfe bringen sollten. Von Staats wegen wurde eine ungeheure Propaganda entfaltet, um die Waren des Angreiferlandes zu boykottieren. Kredite wurden zurückgezogen und Protestresolutionen mit Millionen Unterschriften abgesandt. Die Geistlichen aller Konfessionen verfluchten die Waffen; alle diplomatischen Beziehungen mit den Angreifern wurden abgebrochen.

Vier Tage nach Eintreffen der gräßlichen Kunde stand schon ein Riesenaufgebot an den Grenzen der feindlichen Staaten.

Heere, Flotten und Luftgeschwader aus aller Herren Länder waren herbeigeeilt, um unter der Leitung des Völkerbundes den Frieden wieder herzustellen. Den Angreifern blieb nun nichts anderes übrig, als sich schleunigst in ihr Heimatland zurückzuziehen. Die Armee wich aber nicht früher von der Stelle, ehe sich die Schuldigen nicht verpflichtet hatten, den Schaden wieder gutzumachen. Und auch die Soldaten söhnten sich mit ihren ehemaligen Feinden aus, und eine Woche hindurch wurden Verbrüderungsfeste gefeiert.

So lebten die Nationen in Eintracht und Frieden miteinander und priesen den Völkerbund als ihr höchstes Gut.

*

Diese Geschichte dürfte von der Schuljugend des Jahres 1983 ebenso geglaubt werden wie die Lesebuchgeschichten unserer Väter von der heutigen Jugend (im Jahre 1933)!

Der Völkerbund greift ein

Friedrich

„Es g'schieht eh' nix!" — *„Mir scheint, da g'schieht doch was!"*

„Da muß was g'schehn!" — *„Es is eh' nix g'scheh'n!"*

NAMENSVERZEICHNIS

Der Götz von Berlichingen

Eine lustige Streitschrift gegen Alle
Herausgeber: Wiener Zeitungs-Gesellschaft m. b. H.
Verantwortlicher Redakteur: Anton Maurer
Druck: Johann N. Vernay A. G.
Sämtliche: Wien IX., Canisiusgasse 8—10
Ab Nummer 5 Druck: Waldheim-Eberle A. G. Wien VII
Preis: 60 Heller
Zeitpunkt: wöchentlich, jeden Donnerstag
Umfang: 8 Seiten
1. Nummer: 10. April 1919
Letzte Nummer: 25. 27. September 1919
Erscheint wieder 1923
Titel gleich
Erste Nummer: Nr. 1. 12. Oktober 1923
Eigentümer: Wiener Zeitungs-Gesellschaft m. b. H., Wien IX
Herausgeber: Maximilian Schreier, Wien IX
Verantwortlicher Redakteur: Hugo Bettauer, Wien XVIII
Druck: J. N. Vernay A. G. Wien IX., Canisiusgasse 10
Preis: 2000 Kronen
Zeitpunkt: Wöchentlich
Umfang: 8 Seiten
Beilage: Wiener Kakteen (ab Nummer 1)
1934

Der Götz von Berlichingen

Eine lustige Streitschrift gegen Alle
Rätsel-Magazin Orakel als Gratisbeilage
Eigentümer, Herausgeber und Verleger: Maximilian Schreier, Zeitungsverlag
Verantwortlicher Redakteur: Theodor Waldau
Druckerei: „Inva“
Sämtliche: Wien VII., Lerchenfelderstraße 1
Ab Nummer 7/8 Druck: Paul Bösbauer & Co. Druck- und Verlagsgesellschaft, Wien III., Hetzgasse 20
Ab Nummer 9 Eigentümer, Herausgeber und Verleger: Der Morgen-Verlag

Ab Nummer 14/15 Eigentümer, Herausgeber und Verleger: Bilderzeitung G. m. b. H.
Druck: Druck- und Verlagsanstalt „Vorwärts“ A. G.
Sämtliche: Wien V., Rechte Wienzeile 97
Preis: 20 Groschen, Provinz 22 Groschen
Zeitpunkt: wöchentlich, erscheint jeden Freitag
Umfang: 10 Seiten (davon 2 Seiten Rätsel-Magazin)
Stellte sein Erscheinen ein mit der Nummer 25

Mitarbeiter

Mitarbeiter 1919:

R. Alan, „Alpha“, Beda, Franz Theodor Csokor, *Leo Egerer,* Emes, Paul Frank, Egon Friedell, G. Frömel, Alfred Grünewald, Richard Gutmann, Fred Heller, Keras, Anton Kuh, H. Leoster, Lerse, Otto Myller, Friedrich Porges, Leo Prerovsky, „Servus“, *Otto Soyka, „Schnidibumpfel“,* Ignaz Tauber, Theodor Ungar, Richard Wiener.

Mitarbeiter 1923:

Hermann Bart, Otto Basil, Frank Cross, A. De Nora, Egon Dietrichstein, Hans Raoul Felix, Egid Filek, Alfred Grünewald, Fred Heller, O. Ja, „Murmeltier“, *Murr,* Friedrich Porges, Rataplan, Hans Reimann, Heinz Scharpf, Peter Scher, Scher, „Schnidibumpfel“, Otto Soyka, S. Oyka, Alexander Stern.

Mitarbeiter 1934:

H. K. Breslauer, H. K. B., Viktor Claudius, Claudius v. cl., Leo Eg., Oskar Maria Graf, Lilli Grun, Max Hayek, *„Heinzelmann“,* P. Holzer, Erwin Illing, *Walter Jelen,* Friedrich Karinthy, Kelvin Lindemann, Rudolf Löwit, K. R. Neubert, Murr, Pan, R. Peiper Reno, Riefler, Jo Hanns Rösler, „Salpeter“, Spt. (führt die Illustrierte Wochenchronik auf Seite 10), Sav, „Schnidibumpfel“, Sobby, Otto Soyka, Siegfried Tisch, Tisch, Herbert Trüding.

Illustratoren 1919:

H. S. Becker, Josef Danilowatz, Franz Dobias, H. M. Glatz, Franz Grießler, *Paul Humpoletz,* Carl Josef, L. Kmoch, *Franz Kraft,* Theo Matejko, Franz Plachy, E. Ranzenhofer, Hugo Rényi, Franz Wacik, Emil Weiß.

Illustratoren 1923:

W. Dietz, Otto Dura, Josef Danilowatz, H. Einer, Peter Eng, Fritz Gareis, Paul Humpoletz, Carl Josef, Franz Kraft, F. Plachy, Ladislaus Tuszynski, Franz Wacik, *R. Th. Zelger.*

Illustratoren 1934:

Benze, G. Duschinsky, Dyn, Egaert, Faludy, Farago, Goltz, Paul Humpoletz, Kora, Kóra-Korber, Franz Kraft, Otto Kraind, Robert Lukas, Matouschek, Opanelli, O, Rehberger, Ritter, Othmar Scholz, Trix, Riki Weiss, A. Wiesinger, Willy Zehner, R. Th. Zelger.

Autoren

Peter Hammerschlag, 1902 Wien — vermutlich 1942, KZ Auschwitz
Autor und Interpret skuriller Einakter und grotesker Gedichte, zu Lebzeiten nur in Zeitschriften veröffentlicht.

Ferdinand Kürnberger, 1821 Wien — 1879 München
Schriftsteller und Journalist, nahm teil an der Revolution 1848. Erfolg mit einem verschlüsselten Lenau-Roman, „Der Amerikamüde" (1855), 1904 erscheint posthum „Schloß der Frevel".
Bedeutender Kritiker und Essayist an verschiedenen Zeitungen und Zeitschriften.

Fritz Löhner (Pseudonym Beda), 1883 Böhmen — 1942 KZ Monowitz, Polen
Freier Schriftsteller in Wien, Operetten- und Singspiellibretti u. a. für Franz Lehár („Das Land des Lächelns", „Giuditta") und Paul Abrahams. Revue- und Schlagertexte, Chansons, Satiren, politische Essays.

Josef Weinheber, 1892 Wien — 1945 Kirchstetten
Lyriker, auch Mundartgedichte. Näherte sich dem Nationalsozialismus und erschoß sich beim Einmarsch der Russen.

Erich Weinert, 1890 Magdeburg — 1953 Berlin
Linksgerichteter deutscher Dichter, 1928 Vorstandsmitglied des „Bundes proletarischer Schriftsteller", 1929 Beitritt zur KPD; emigrierte 1933. Teilnahme am Spanischen Bürgerkrieg, während des Zweiten Weltkrieges kämpfte er als Agitator der Roten Armee gegen den Nationalsozialismus, 1946 zurück nach Berlin.

Illustratoren

Josef Danilowatz, 1877 Wien.
Österreichischer Maler, Radierer, Lithograph, Illustrator und Karikaturzeichner, Schüler der Wiener Kunstakademie.

Carl Josef

Österreichischer Karikaturen- und Pressezeichner, Bildnismaler, 1877 Wien.
Zeichnete für die „Muskete". 1909 ging er nach Japan, 1912 nach Bombay, wo er an einer englischen Zeitung arbeitete. Bei Kriegsausbruch kehrte er nach Österreich zurück. Politische Karikaturen für den „Neuen Tag" und „Arbeiter-Zeitung".
Eine Anzahl der Muskete-Karikaturen erschien in den bei M. Perles verlegten Sammlungen: Humor im Grauen Haus.

Erich Godal

Deutscher Maler und Zeichner. Langjähriger zeichnerischer Mitarbeiter des Berliner 8-Uhr-Abendblattes.

WIENER THEMEN

Elfriede Ott

PHANTASIE IN Ö-DUR

Elfriede Ott, die bekannte und beliebte Schauspielerin, erfüllt mit diesem Buch einen seit langem gehegten Wunsch ihres Publikums. Das Buch enthält eine Fülle von persönlichen Erlebnissen und Episoden sowie ein großes Repertoire an Komödienliedern, Chansons, Couplets, Duetten, Parodien und Conférencen im genauen Wortlaut.

Beatrix Schiferer

GIRARDI — EIN WIENER AUS GRAZ

Die Lebensgeschichte des Volksschauspielers in der Nachfolge Raimunds und Nestroys ist ein Stück österreichischer Theatergeschichte mit einem Höhepunkt beider Historien: der „goldenen" Wiener Operette.

Jugend und Volk, Wien München

WIENER THEMEN

Otto Erich Deutsch
MUSIKALISCHE KUCKUCKSEIER
und andere Wiener Musikgeschichten
Mit feinem Humor macht der große Musikhistoriker die Alt-Wiener Musikszene lebendig.

Gerhard Eberstaller
ZIRKUS UND VARIETÉ IN WIEN
Die beiden Unterhaltungsgenres haben in Wien eine wechselvolle, immer von der Begeisterung des Publikums getragene Vergangenheit.

Kurt Kahl
DIE WIENER UND IHR BURGTHEATER
Die zweihundertjährige Geschichte der Wiener Traditionsbühne, deren Spielweise seit je die Gesellschaft prägte.

Heinrich Lunardi
ALTE WIENER UHREN UND IHR MUSEUM
Ein Fachmann geleitet den Leser durch die Schauräume des Wiener Uhrenmuseums.

Waltraud Neuwirth
PORZELLAN AUS WIEN
Von du Paquier zur Manufaktur im Augarten
Die Geschichte des Wiener Porzellans von der 1718 gegründeten Manufaktur bis zur Gegenwart.

Reinhard Urbach
DIE WIENER KOMÖDIE UND IHR PUBLIKUM
Stranitzky und die Folgen
Die Wiener Komödie übte stets die fröhliche Katastrophe und war nie nur harmloses Vergnügen.

Jugend und Volk, Wien München

J&V